이 책을 만나는 소중한 인연으로
날마다 좋은 날 되소서.

님께 드립니다.

만남과 인연

탄공 스님 산문집

도서출판
청어

만남과 인연

탄공 지음

발행처 도서출판 청어
발행인 이영철
영업 이동호
홍보 천성래
기획 육재섭
편집 이설빈
디자인 이수빈 | 김영은
제작이사 공병한
인쇄 두리터

등록 1999년 5월 3일
(제321-3210000251001999000063호)

1판 1쇄 발행 2024년 8월 10일

주소 서울특별시 서초구 남부순환로 364길 8-15 동일빌딩 2층
대표전화 02-586-0477
팩시밀리 0303-0942-0478
홈페이지 www.chungeobook.com
E-mail ppi20@hanmail.net

ISBN 979-11-6855-267-8(03810)

만남과 인연

탄공 스님 에세이

머리글

산사에 승려로 살면서

'이게 글이 될까?
정말 시가 될까?'

많이도 망설였습니다. 그때그때 눈에 보이는 사계를 그냥 보내기 아쉬워 나만의 표현 방법으로 적어놓았다가, 모두 버리길 수백 번. 그 모습을 안타깝게 여긴 상좌 법연 스님이 어느 날 제게 이렇게 말했습니다.

"스님, 쓰신 글들은 제가 모아둘게요.
나중에 스님이 연세 드시어 기억 못 하실 때,
그곳에 가보고 싶으실 때를 위해 책으로 엮을게요.
그리고 자리 지키며 옆에서 읽어 드릴게요."

저는 그 말에 크게 감동하고 공감했습니다.
그때부터 쑥스럽고 서툴지만, 나만의 표현으로 글을 써서 남기기로 했습니다. 시를 적어 본 적이 없어 시적인 감동도 없고 멋진 표현도 못 하지만, 승려로서 긴 여정을 살아오면서 그때마다 바뀌는 절집 환경은 언제나 처음 온 여행지처럼 한 발 한 발이 설렜고, 한 걸음 한 걸음이 소중했습니다.

아름다운 여행은 첫걸음이 중요합니다.

첫 책 『법당가는 길』 시집을 출간한 뒤, 이번에는 『만남과 인연』이라는 두 번째 에세이 책을 묶게 되었습니다. 서툴고 부족하지만, 새로운 여행의 도전이랄까요. 설레며 이곳저곳 눈과 머리와 마음에 담아 글로 남기며, 잠시라도 나만의 시간을 가져 보았습니다. 절집은 언제나 바쁘지만 오로지 나 자신에게 집중할 수 있을 때 틈틈이 적은 글입니다.

승려들의 삶도 희로애락이 있어 여러분들과 삶이 다르지 않을 것 같습니다. 산사에서 조금씩 조금씩 우러나오는 샘물처럼 흘러 흘러 피안의 세계로 향하는 스님들의 방편이라 생각하소서.

젊었을 땐 산보다 더 큰 꿈의 한 시절이 스님에게도 있었지요. 이 글을 읽으시며 꿈만으로는 살지 못하는 절집 수행자들의 삶이 성공적인 삶이라고 보기는 어려울 겁니다. 그렇지만 실패한 삶은 아니지요. 꿈꾸는 한 말입니다. 지금 머무는 이곳과 가야 할 거기가 어디인줄 모르고 헤매는 삶은 이 땅을 딛고 살아가는 중생 모두가 공감하는 삶입니다.

다만, 우리 모두 자기만의 방식대로 이렇게 저렇게 살다 보면 언젠가 '참 잘 살았소' 하고 금의환향(錦衣還鄕)할 겁니다.

비벼볼 언덕도 없다고 한탄하지 말며
부모 원망하지 말며, 부처님 원망하지 말며, 예수님 원망하지 말며
나 자신을 포함한 그 아무도 원망하지 않기를 바랍니다.
지금 눈에 선한 것 아름다운 것 보이면 잘 산 것 아닙니까?
다 살아내기도 힘든 여정, 세상을 탓하고 욕하고 야속하다 하기에는
아무런 내색하지 않고 묵묵히 정진하는 수행자도 있지 않습니까.

높이 올라갈수록 흔들림이 크답니다.
추녀 끝에 매달린 풍경은 바람이 잠시를 그냥 두지 못하고
땡그랑땡그랑 매일 울리고 있답니다.
이슬방울에도 골이 지듯이 미어지는 가슴, 얼마나 답답합니까?
그래도 뼈와 살이 당신 몸에 붙어 있지 않습니까.
보고 듣는 것에 늘 감사하시길.

세상이 당신을 밀어내지 않는 이상 성공한 삶이라고 생각하고
다시 가슴 활짝 열고 한 가슴 않고 있는 그 번뇌,
부디 바람처럼 날려보내고 물처럼 흘려보내소서!

진정한 나를 찾아가는 긴 여행 중에
이 글들이 길동무가 되었으면 좋겠습니다.
소중한 만남과 인연을 찾거들랑
여기 도림사에서 차나 한잔합시다.

만남과 인연

탄공 스님 산문집

인연

세상에서 가장 귀한 만남, 우리 스님들!

제 인생에서 가장 잘한 일 중 하나는 현명한 스님들을 만나 대작불사를 하며 행복한 승려 생활을 이룬 겁니다. 서로 다른 모습으로 만나 약간의 물결처럼 파장은 생기지만 곧 물결의 파장은 흔적도 없이 사라집니다. 그것이 바로 승려의 삶입니다.

저는 올해 우리 스님들과 만난 지가 벌써 30년이 훌쩍 지났습니다.

오랜 시간 정제되어 뿌리내린 규율과 부처님 법을 준수하며 살아온 규율 속의 세월입니다. 승려들도 해탈하지 못한 사람이라 완벽할 수 없고 서로 다른 존재이기에 승려들은 서로에게 최고의 상호 보완제입니다. 서로의 약점을 보완하고 보호하다 보니 서로에 대한 실수나 허물을 지적하지도 의심하지도 않는 믿음의 마음도 쌓이게 됩니다. 우린 그런 도반입니다.

서로에게 걱정하는 만큼 한숨도 크게 쉬지 않습니다. 서로가 다툼이 일어나기 전에 한두 번만 심호흡하며 나를 성찰하는 시간을 가지면 서로에 대한 사소한 갈등과 언쟁을 피할 수 있습니다.

오늘 하루도 부처님 도량(道場)*에 스님들과 함께라서 행복하며 감사합니다. 늘 기도드립니다. 서로에 대한 기도를 드립니다.

소중한 스님들의 인연이기에 모든 순간 온 마음을 다해 최선을 다

할 뿐입니다. 스님들과 인연의 의미는 마음이 따뜻한 사람의 온기를 오래 오래도록 남을 것입니다. 이 순간, 서로 소중히 아끼며 살아야겠습니다. 헤어질 때 아쉬워하거나 안타까워하지 않고, 몸과 마음이 함께할 때 서로 이해하고 배려하며 행복하게 살아가겠습니다. 부처님의 인연 소중히 간직하며 기도하고 늘 대중 스님들을 사랑하겠습니다.

오늘 하루도 부디 행복하소서.

* 부처나 보살이 도를 얻는 곳. 또는, 도를 얻으려고 수행하는 곳. 불도를 수행하는 절이나 승려들이 모인 곳을 이른다. '도장'이 아닌 '도량'으로 읽는다.

불탑은 절에

전국 대부분 사찰의 법당 앞에는 석탑이 있다.

특히 도림사에는 재가(在家) 불자님들의 염원을 담은 석탑이 있다.

부처님 불멸 진리의 등(燈)이 숨겨져 있는 도림사,

산사의 기운을 흠뻑 받은 땅에 살아가는 불자님들의 소식을

하늘 높이 전하려는 듯 우뚝 솟아있다.

도림사의 수많은 일인일탑(一人一塔)은 어떤 의미일까?

천년고찰(千年古刹)

즉 부처님의 영원한 법신이 숨겨진 석탑으로 만든 집이다.

사람은 문이 없어 들어갈 수 없고

머무를 공간이 없어 살 수 없다.

오로지 부처님 법신불 모신 석탑은 집이다.

스스로 법의 등불 삼아 부지런히 정진 기도하기 위한 불탑이다.

석탑이 있는 곳에는 절이 있고

절이 있는 곳에는 석탑이 있다.

탑을 모셔놓고 스스로 지극한 마음의 진실을 체험하면서

법에 맞게 부지런히 기도하는 일이 성불의 지름길이다.

절집의 불탑을 신성시하는 것은 부처님의 법신이기 때문이다.

극락왕생하옵소서!

아미타 부처님이시여!

영단 앞에 모인 많은 중생 보이십니까?

향불 태워 훨훨 아미타 부처님 계시는 서산까지

이 향기 흠향하십니까? 거룩하고 위대하신 부처님이시여!

이 많은 중생이 또 앞다투어 떠나시겠지요?

나 한 사람 떠난다고 만물이 줄어드는 것 아니고

몇 사람 태어난다고 세상이 커지는 것도 아닌데,

날씨는 중생들 마음을 아는지

보슬보슬 가을을 재촉하는 비가 내린다.

법당 처마 끝에 떨어지는 빗방울에

때 묻은 육신을 깨끗이 씻고 뚝뚝 떨어지는 소리!

영가님들 떠나시는 소리였을까? 슬프기만 하다.

잠시 구름 그치니 햇볕이 빗물 거두고 가을 하늘 높은 곳!

극락왕생하는 길을 열어 주시네.

잠시 염불 삼매에 들면서

영가님은 떠나야 중생들은 그리움이 되나 보다.

법신은 오고 감이 없다는 사실을 언제 깨달을까?

나무아미타불 극락왕생하옵소서!

—칠월 백중 기도 중에

야단법석(산사음악회)

산사음악회는 불교의 중심이 되는 행사는 아니다. 하지만, 문화·예술의 혜택이 시골까지 산골까지 이어지는, 불자들이 모두 모여 잔치를 벌이는 일 년에 한 번 있는 큰 행사이다. 행사 날을 받다 보면 햇빛도 없는 흐린 날씨가 정말 좋다. 건전한 사찰 문화로 우리 절집 스님네들의 삶으로 파고든 지 오래다. 처음에는 자리를 마련해 좌석도 듬성듬성 비어 있었지만, 우리 절 산사음악회는 벌써 수십 회가 넘었다. 지금은 의자가 필요 없다. 앉는 대로 의자가 되어버렸다. 법당 앞 무대에는 현란한 불빛도 은은하게 물안개 피어올라 산수화의 여백처럼 아름다운 경치, 감동적인 장면을 만든다. 도저히 말로 전달하지 못한 것을 음성공양 노래로 불법을 전한다. 어떤 이성과 세속을 아득히 초월한다.

올해도 산사 음악회를 준비하고 있다. 음악회 하루만큼은 생로병사, 승려와 속인(俗人) 모두 한데 어우러져 축제를 즐긴다. 그 즐거움은 그 어떤 것으로도 표현하기 어려울 것이다. 모두 다 초월하고 아우르며 조화를 이루는 행사이니 말이다. 스님들의 마음, 불자들의 마음, 부처님의 진리를 그 자리의 누구더라도 조금은 알 수 있지 않을까? 중생들 모두 모든 법의 모습으로 드러내는, 말 그대로 법문다운, 법문으로 이루어진 야단법석이다. 이 즐거운 행사를 두고 할까 말까, 어찌 고민할 수 있겠는가?

부처님 깨달음을 전하는 방식은 각양각색이지만, 이 산사음악회는 부처님 법을 방법 중에서도 가장 감동적인 장면을 연출한다. 산사에 사는 스님들도 한 번씩은 절집을 확 뒤집어 놓는 행사도 필요하다고 생각한다. 불자들이 절에 가서 신행 생활하면서 좋은 벗 삼고 부처님 법문으로 이끌어 줄 수도 있겠지만, 가끔은 야단법석 음악회 정해진 날 좋은 벗들과 훌륭한 가수들의 음성공양 속에 녹아 있는 뜻을 부처님 설법이라 깨달으며 더욱더 바르게 신행할 수 있는 우정의 나눔이라 생각한다. 개인적이든 사회적이든, 좋은 스님과 좋은 도반들과 좋은 벗을 가진다는 행사의 날이다. 만족감을 함께 누리며 마음 맞는 벗으로서 춤추고, 부처님의 중생으로서 함께하는 것이다. 믿음직스럽고 자연스럽게 불자들 간의 활기차고 따뜻한 교류를 통해 불심(佛心)이 싹틀 것이다.

산사음악회는 넓은 의미로는 승가와 불자님이 중심으로 모이는 잔치이다. 불교를 믿고 부처님 스님들의 법문도 좋지만, 그 어떤 법문보다 즐겁게 즐길 수 있는 것이 야단법석 법문이다. 깨달음이란 공통 이상을 향해 더욱더 알차게 계획하여 불교의 포교 시작과 함께 으뜸가는 행사를 만들기 위해 올해도 노력할 것이다.

—불·법·승·사부대중 함께하는 행사 산사음악회를 준비하면서

자연이 빚은 먹거리

자연이 만든 된장, 청국장, 간장은 자연이 만든 완전식품이며 발효 음식 중 최고의 식품이다.

자연이 만든 최종 완성형 음식이랄까, 자연 상태의 재료가 공기 중에 사는 균과 조화를 이루고 시간이 흐름에 따라서 새로운 모습을 갖춘 음식이다. 인간이 자연을 제멋대로 휘두르지 않고 자연의 규칙을 충실히 따르면서 조심스럽게 관여할 때 비로소 자연에 속한 모든 존재가 하나 되고 진짜 발효식품이 만들어진다. 발효식품이 자연이 만든 완성형이라고 믿는 이유가 여기에 있다.

자연 재배는 반드시 논과 밭에서 시작한다. 자연에 살아가는 시간이 흐를수록 푸르른 전원이, 생명체 모두가 인간과 닮아있다는 생각이 깊어진다. 요즘 사람들은 도시에 살며 생활습관에 따라 온갖 병을 앓고 있는 경우가 많다.

농가에 전해지는 옛말, "흙은 사람과 같다."

된장, 청국장, 간장은 자연이 빚어낸 완전 발효식품이다. 자연 재배 채소이니 모두 맛있게 드시고 건강하자. 가장 자연스러운 것이 가장 건강하고 아름답다. 정신과 몸을 치유하는 방법은 자연의 방식을 본받아 살아가는 것이다.

현대인의 걱정, 불안, 이기심, 질투, 분노… 이것들은 '나'를 나답지 않게 만든다. 나를 자연스럽게 있지 못하게 마구 흔든다. 몸과 마음을

평온하게 하면 몸은 반응하지 않는다. 마음에 응어리가 풀리기 시작
하면 비로소 행복이 보이고 어긋났던 모든 것을 자연스러운 상태로
되돌리는 것. 그것이 건강하게 사는 첫걸음이다.

사계(四季)

사계절의 특성은 너무나도 뚜렷하다.

지금은 늦여름, 모시 적삼 사이로 시원한 바람이 살짝 살짝 몸을 감싸안는다.

폭염에 장마에 참 우여곡절도 많았지만, 지금은 시원하고 살만하다.

어느 한 계절도 소홀할 수 없다.

봄은 봄답고
여름은 여름답고
가을은 가을답고
겨울은 겨울답다.

나는 사계절의 순위를 정하여 살아가는 중생이지만, 자연의 사계절은 다 아름답다.

풀벌레 소리, 매미 소리, 여치 소리 들으며 시원한 가을!

풍요롭기 그지없어 가을이 제일 좋다 하지만, 또 봄이 되면 꽃이 피니 봄이 제일 좋다 하겠지.

계절마다 피부가 가장 먼저 기온을 느낀다. 그리고 시각으로 볼 수 있는 자연의 현상으로 변화를 알려준다. 앞산의 꽃, 풀, 나뭇잎, 색깔별로 알려준다 해도 그때마다 새로 맞는 절기를 처음 맞이하는 것처

럼 자연의 변화를 못 느끼는 무딘 승려로 살 수는 없다.

그러니 자연이 준 아름다움을 호화롭게 즐기며 뽐내볼까?

가을 무명 적삼 깃을 세우며 초가을의 아름다움을 즐겨볼까?

나그네

지친 몸은 자연을 통해 비우고
치유하는 것이 최고이자 전부이다 보니,
자연에 갖추어진 사찰을 많이 찾아온다.
자연 속 사찰은 번잡한 곳을 떠나 고요함 속으로
첩첩산중에 자리 잡고 있다. 이 산속에
아무것도 없는 것처럼 생각할 수도 있지만,
가만히 앉아 귀를 기울이면
수없이 많은 자연의 소리가 들려온다.
바람이 불면 풀들이 춤을 추는 소리,
비가 오면 새싹들이 땅 뚫고 올라오는 소리,
새들의 지저귀며 사랑 나눔 소리,
자연 그대로의 자연 소리…
솔바람 솔솔 불면 그 자리에
머물러 잠시 쉬어가소서.
긴 여정을 여기 절에 다 놓으시고
그저 부처님 품에서 잠시 쉬어가소서.
수고 하셨소.
인생이 다 그렇듯 그저 비우고
다시 채워 가소서.

산중생활

불보살행을 선택한 곳 몸과 마음을 완전히 비워

욕망도 없고 욕심도 없이 살아가는 것이

어쩌면 행복이 있는 생활이 아닌가.

조금은 불편하고 수고로움이 있어야

비로소 사는 맛 나는 생활 아닌가.

만물이 이른 새벽에 집 근처까지 내려와 노니는 것도

인간과 동물이 공존하는 것도 소음 하나 없이 적막해도

혼자서 마구 중얼거리며 옷자락을 홀홀 떨고 돌아다니다 보면

얼마나 배가 고픈지, 하루의 바쁜 생활을 새삼 깨닫기 마련이다.

막상 공양을 하고 나면 얼마나 이른 시간인지 알게 된다.

매일 아침 분주하게 먹을 것 찾느라

설쳐대고 생활 반경이 얼마나 큰 공간인지.

맑은 공기 먹고 눈부신 햇살 먹고

하얀 이슬도 먹고 좋은 보약 다 먹었는데

아직도 나는 배가 고프다.

간장 담는 스님

태양은 매일 뜨는 것 같아도, 흐린 날 맑은 날 가려가며 해가 뜬다.

해맑은 간장은 반짝반짝 보석처럼 맑게 반짝인다.

바람이 불고 잿빛 머리가 보이면 항아리 뚜껑조차도 열 수 없다.

오늘같이 맑은 날은 감사하고 괜히 가슴이 벅차오른다.

장 냄새에 취한 승려는 "음- 잘 익었네. 구수하네."

혼자 중얼거리며 감사의 염불을 한다.

어느 세상에도 이렇게 잘 익은 장은 없을 거야.

오래 오래 몇천 겁 동안이나 내 곁에 구슬 흘러가듯

쪼르륵 바가지에 담으면 항아리 속 구수한 냄새,

한 방울씩 떨어지는 숙성된 향연, 마치 농익은 염불 소리 같구나.

해마다 내 곁에서 새 생명을 살려줄 발효 음식으로

모든 병든 이들의 목마름을 해소해 주는 음식,

아픔을 치유할 수 있는 음식이 되도록

부처님 전에 또 기도합니다.

귀한 항아리

우리 절에는 자연을 담은 보물 항아리들이
세상 무엇과도 바꿀 수 없는 스님들의 보배 항아리 장독대가 있다.
이 살아 숨 쉬는 항아리들에는 된장, 고추장, 간장 등
스님들의 절집 살림살이와 불사의 큰 몫을 하는,
눈으로 볼 수 없는 깊은 곳까지 동참이 되어 있다.
항아리를 반듯이 세워놓고 깨끗이 닦아 놓으면
반짝 반짝 세상 모든 것이 하나로 반듯하게 돌아가는 것 같다.

항아리도 뜨거운 화기(火氣)를 이겨내고 아름답게 형성되듯이
험한 인생 또한 저마다의 얼굴과 아름다운 깨달음을 형성한다.
지나가는 바람, 지지하는 흙, 비춰주는 햇빛에 제 몫이 있듯이
우리네 삶도 서로를 향하여 생명에 대한 어떤 몫을 하고 있다.

자연이 주는 귀한 항아리에
부처님이 주신 도량의 감로수로 담근 장맛이니
세상에 이보다 더 맛난 음식이 있을까?
이보다 더 멋진 항아리가 있을까?
절집의 항아리도 불성이 있을까?
장맛은 달콤하고 짭짜름하니
불성이 있다는 생각이 든다.

산사에 장 익는 냄새

경상북도의 끝자락, 상주의 논밭은 사방이 새롭게 펼쳐지고 높고 낮은 명산들로 둘러싸여 자연재해가 없는 땅이다. 천혜의 자연환경을 자랑하는 낙동강 맑은 물을 비롯하여 가볍게 산책할 수 있는 산책길까지 있다. 이곳의 사찰은 우리나라를 대표하는, 우리 입맛에 꼭 맞는 장류로 유명하다. 특히 고추장, 된장, 간장 맛이 유명한 사찰이어서 동료나 친지의 소개로 좋은 인연 맺어 불사의 동참에 일등공신이다. 장맛이 좋아 부처님의 깨달음이 입맛에 있다 하니, 장맛이 보고 싶어 절을 찾아다녔다는 불자들이 많다. 장맛과 그 효능에 이끌려 절집 문을 두드리게 되었다는 것이다.

불자님들 불사의 공덕 맛이 아닐까?

좀 더 장맛을 일찍 알았다면 부처님 자비의 장맛을 찾아 물어물어 찾아오는 불자들!

반대로 몰랐다면 이 산중 깊은 곳까지 찾아왔을까?

매일 같이 눈에 보이는 것, 귀에 들리는 것이 종교 이야기지만, 우리 절에는 특별히 돋보이는 장독대가 있다. 비불교인들 사이에서도 화제가 되어 텔레비전, 인터넷 등에 많이 노출되었다. 불교의 교리 관련 이야기보다 스님들의 장 만드는 모습과 스님들의 생활하는 절집 이야기가 연령, 성별을 넘어 많은 사람으로부터 관심을 받고 있다. 그만큼 매일 같이 입에 맞는 것만 찾는 것이 중생이다. 불심으로 찾는 불자, 입맛으로 찾는 이들, 장 익는 냄새에 이끌려 오는 불자들 가지

각색 옷을 입고 산사를 찾는다.

우리 스님들은 생활 사상과 친환경적 정성을 다해 장을 만든다. 멀게만 느껴지는 불교를 장류라는 '맛의 입구'를 통해 불교도를 인도한다. 장류는 우리 스님들에게는 가장 고마운 동반자인 동시에 불심이 집대성된 결과물이기도 하다. 사찰의 웅장하고 포근한 분위기에서 전통 장류를 라는 친근하고 전통적인 소재를 통해 누구나 불교를 부처님 품의 가장 가까이에서 느끼고 깨닫고 행복을 느낀다. 옛 절터에 높고 높은 대웅보전 기와지붕 꼭대기까지 마무리 지을 수 있었다.

지금은 누구나 도량에 오면, 먼저 카메라 셔터를 누르고 대웅전으로 다가가 삼배 올린다. 불사 전 작은 법당(지금의 관음전)에서 수행 중일 때는 무관심하게 돌아보고, 스님들의 눈을 마주하기도 전에 바쁘게들 돌아갔지만,

"우리 아들, 딸 결혼할 수 있게 기도 부탁드립니다."

"제 사업이 번창하길, 그리고 가족들이 모두 건강하길 바랍니다."

지금은 스님들을 일일이 찾아다니며 기도를 부탁하신다.

우리 절은 오랜 역사와 유물을 가졌지만 상당 부분 유실된 상태였다. 불교를 알리고 부처님의 깨달은 길을 연 것은 장류였다. 더 말해 무엇하겠는가?

천년의 역사를 자랑하지만, 최초의 절이 막 새롭게 탄생하는 것처럼, 스님들은 지금도 불사 공덕의 장을 담은 항아리를 계기로 불교의 뿌리를 전한다. 또한 출가자로서 서로 적극 소통하며 상생할 수 있는 공동체를 이루어 하루하루 감사하며 수행 정진하고자 한다.

절밥

소박하고 절제된 절밥을 지키기 위해 무던히 노력한다.

시주, 보시, 쌀 한 톨, 농사짓는 분들의 피와 땀이 서려 저울로 달면 일곱 근이라는 말이 있다. 오래전부터 절집에서 내려오는 스님들의 말이지만, '농민이 일곱 말 두 되의 땀을 흘려야 쌀 한 톨이 된다'고 하니 정말 귀하디 귀한 시주 쌀로 만든 밥이다. 우리는 이러한 음식의 귀함을 알고 먹어야 한다.

이런 귀함을 알기에 나는 늘 공양간에 서면 마음이 숙연해진다. 그 공덕을 알기에 함부로 공양물을 다루지 않는다. 공양물이란 부처님이나 불보살님 죽은 조상님께 올린 공양물이니, 그 얼마나 귀한 공양물인가?

밥 한술, 반찬 한 젓가락에 엄청난 노력이 집약된 것이다. 자연과 인간의 많은 시간과 수고가 쌓여 있는 것이다. 한술 뜨는 밥이 이렇게 먹기 어렵다는 것을 가슴 깊이 새기기에 음식을 할 때 숨도 크게 쉬지 않는다.

경전에도 절집의 음식에 대한 가르침이 있다. 맛에 취하거나 맛의 좋음만 좇거나 식탐을 부리지 말라는 것이다. 음식을 대할 때는 탐욕이나 맛의 기쁨에 흥을 즐기면 곧 병(病)의 고통이 따른다. 온갖 진수성찬을 차려 놓고 사찰음식이라고 일컫는데, 개탄스럽다. '모양이 예쁘다. 빛깔이 아름답다. 향기가 좋고 맛이 좋다.' 하는 음식은 사찰음식의 가치를 모르고 정작 음식의 먹는 근본을 잊어버린다. 사찰에서 스님들이 만드는 음식이 이상하리만큼 변해가고 있다. 눈으로 먹는 음식, 귀로 먹는 음식, 혀로 먹는 음식으로 바뀌어 버린 것 같다. 너무 아쉽다.

정말 도림사만큼은 진정한 사찰음식의 맥을 이어가고 싶다. 나물 몇 가지 재료와 정성을 다하면 소박하지만 정말 소담한 비빔밥이 된다. 옛 고승들은 걸식 탁발하여 이 음식 저 음식 섞어서 비벼 먹던 음식이 비빔밥이 아니던가?

도림사 스님들은 하루 울력하지 않으면 먹지 않는다는 수행의 규칙을 정해 놓았다. 불사 울력 후 밥 한 끼 먹는 것, 울력 한 끼도 참선 정진만큼 중요한 수행이다. 이 음식이 어디서 왔는지 생각하고 감사해한다. 매일매일 대중 스님들의 공양소임을 살면서 한 끼도 허투루 음식을 한 적이 없다. 내 덕행으로 받기에 부끄럽지 않게끔 늘 기도하며 음식을 만든다. 항상 쌀 한 톨, 나물 하나, 장류 한 숟갈에 감사하고 정성을 다하는 것, 그것이 사찰음식의 근본이라 생각하기 때문이다.

절집 아이

· · ·

절집 안에 살면서 가장 소중한, 작은 동자 아이를 만났다.

작은 생명과 영원한 인연 절대적인 행복이라 생각했다.

늘 춤추고 노래하며 재롱을 피우는

그 아이의 해맑은 웃음은 나를 살아 있게 했다.

연꽃도 그보다 아름답지 않았을 것이다.

항상 천진함만 가질 줄 알았던 그 세월도 잠깐 지나 청소년이 되었다.

사춘기가 시작된 것일까?

물이 흘러 산 밑으로 흐르는 것이 아니라,

물이 산으로 솟구쳐 아주 분수를 자아내는 것 같다.

순진무구한 마음, 얼굴 다 어디 가고 절집이 흔들흔들한다.

절대와 상대는 때와 장소가 없다더니,

스님들의 수행이 극치를 맛보는 것 같다.

참아야 하느니라, 수행 기간에는 세속으로 들어가는 것 같다.

무자식 상팔자다.

아! 승려가 자식 하나 생겨 좋다고만 하더니

눈을 뜨고도 번뇌 망상에 가려 뿌연 구름만 보이는구나!

언제 부처님 광명 훤히 보일까.

명당에 사는 스님들

백운산 중턱 바람에도 음양풍이 있는 도림사는 오행풍이 있고 사방 왕래풍, 양풍, 음곡 자생풍, 음풍도 있다. 오행풍 중에 가장 소중한 서쪽에 부는 서풍은 와불산 부처님의 금풍이니 기후의 조화가 알맞은 곳이 도림사 절도량이다. 조용하고 소음으로부터 방해를 받지 않는 곳이다. 마음을 집중시키는 데 방해될 만한 것이 없고 눈앞에 신경이 쓰이는 것이 없다.

새벽 3시 30분, 도량석 소리에 잠에서 깬다. 대중 스님들이 가사 장삼을 차려입고 큰 법당으로 모인다. 절도량 인근의 미물과 동물, 벌레와 풀 나무까지 흔들어 일어나게 하는 것이 도량석이다. 법당 상단에 불 밝히고 향 하나 사르며 말없이 서로를 배려하고 물 흐르듯 예불을 모시니, 우리 스님들은 복 중에 가장 큰 복락 속에서 서로의 마음 상태까지 알아차리며 기도한다.

도림사는 첩첩하게 쌓여 있는 산자락에 자리 잡고 있으면서도 시 가지 불빛이 한눈에 보이는 절이다. 아침마다 어둠 속의 불빛을 보며 생각한다. 풀 끝에 맺힌 이슬처럼 아슬아슬하게 살아가는 저 불빛의 주인공은 알고 싶지 않다. 그저 나물 몇 가지 넣고 비벼 먹는 소박한 비빔밥을 나눠 먹을 수 있는 스님들이 사는 곳이 명당이다.

아무리 맛난 음식도 부처님 법이 없으면 존재하지 않는다.
아무리 빛깔 좋은 음식도 부처님 법이 없으면 존재하지 않는다.

아무리 귀로 듣는 음식도 부처님 법이 없으면 존재하지 않는다.

아무리 코로 맡는 음식도 부처님 법이 없으면 존재하지 않는다.

아무리 혀로 맛있다 하여도 부처님 법이 없으면 존재하지 않는다.

도림사 절밥 사찰음식 한 그릇에 우리 스님들 부처님 가르침 바루에 담아 명당에 사는 값을 하려 정진 또 정진 노력하는 수행자로 거듭나려한다.

굴뚝의 연기

만법(萬法)이 한데 어우러져 모든 존재가 같은 공기를 숨 쉬고 서로 의지하며 살아간다. 도림사 스님들은 새벽부터 분주하다. 매일 매일 굴뚝에서 연기를 뿜어낸다. 하루는 청국장, 콩을 삶고 또 하루는 메주를 만들기 위해 불을 지핀다.

이 깊은 산중에서 무얼 바라겠는가? 대중 스님들이 서로 강요한 것은 아니다. 서로 결의하여 법당 불사를 결사하였다. 스님들은 울력복*으로 갈아입고 가마솥 아궁이에 불을 붙인다. 여래를 모시려고 법당 불사를 위해 매일 굴뚝에 연기를 뿜는다. 영원한 진리를 위해 일체를 희생하면서 아궁이에 불을 붙인다.

중생들은 세속적인 이익과 영리 목적인 장류 판매를 하기 위해 연기를 뿜겠지만, 하지만 스님들은 불사 기도를 위해 오늘도 마음의 등불을 아궁이에 피운다.

세상 사람들은 종종 '스님들은 산속에서 종일 무엇을 하느냐' 질문한다.

우리 스님들은 이렇게 답할 수 있다.

* 스님들이 입는 활동복.

매일매일 아궁이에 등불을 켜
한낮에 뜬 해처럼 우주를 비춰
부처님의 진리를 찾기 위해
굴뚝으로 연기를 뿜어낸다.

불자님이 지고 온 짐

여름 장마 폭우 속에 세상의 슬픈 소식 다 머리 위에 이고 한 불자님이 내 산방을 찾아오셨다.

"스님! 스님은 참 좋으시겠습니다. 무자식 상팔자라는데…"

그 말끝에 불자님 마음이 무엇인지 헤아리며 잠시 명상을 하였다.

"불자님! 왜, 어디가 아프세요? 자비하신 부처님의 본질은 끝없이 중생을 사랑하시니, 불자님의 마음을 열어 보시고 한나절 내내 빗소리만 듣고 있으니, 아무 생각 없는 무념 중이니 어디 한번 들어봅시다."

불자님께서는 한숨을 푹 쉬시며 이렇게 말씀하셨다.

"늘- 가슴 아파 한숨만 나오고 매일 잠도 못 자면서 고민, 또 고민하는 것이 있어요. 이제 그만, 무거운 짐을 내려놓고 싶습니다. 저는 50년 동안 자식 걱정을 하며 살아왔습니다."

"불자님! 크고 많은 것을 자식에게 주려고 하지 마세요. 작은 것은 작은 대로 큰 것은 큰 대로 주세요. 불자님 여생의 행복을 크고 작은 것에서 찾으며 근심 걱정하지 마세요. 그저 부유한들, 이 연세에 무슨 이익이 되겠습니까?

이 자식 저 자식 걱정하시지 말고, 지금의 불자님의 삶을 기쁨으로 받아들이세요. 이제껏 잘 살아오셨으니, 살아오신 삶의 향기와 아름다움으로 고마운 이웃 친구들과 어울려 행복한 것만 찾으며 사세요. 이생을 떠날 때 아무것도 가지고 갈 수 없으니… 자식에게 남기고 싶은 모든 것들도 다 불자님 마음입니다.

선한 것도 사랑하는 것도 먼 곳에서 찾지 말고 마음 향하는 대로 하세요. 80 평생 가까이 고생하셨는데, 생각들을 정갈히 하여 자식들에게 항상 또렷이 말씀하시면 응어리진 가슴이 눈 녹듯 녹아내리고 새로이 아름다운 꽃이 필 것입니다.

무엇보다, 웃으며 사세요. 그래도 무자식보다는 훨씬 낫지요!"

주름진 불자님 얼굴에 어느새 웃음이 만발하신다.

"이제 알았네요. 자식 있어 행복합니다. 스님! 감사합니다. 부처님 전에 기도드리겠습니다."

불사 도량

장엄한 부처님이 머무시는 도량을 아름답게 꾸며 불국토를 만들기 위해 정진 또 정진한다. 부처님께서는 그 아름다움의 장엄도 이름이 장엄이라 하셨다. 그러나 나는 아직 중생인지라 그 모양도 장엄함이란 세계가 아니라, 우리 불국토에서 욕망과 욕심에 물들지 않는 맑고 청정하게 때 묻지 않는 아름다운 도량을 만들기 위해, 식품(된장, 고추장 등등)을 만들어 팔기 시작했다.

물질에 집착도 했고 욕망을 이루어지지 못하면 밤새 괴로워하기도 했다. 때로는 형상, 향기, 소리, 맛, 촉감에 이끌려 집착하며 욕망으로 고통 속에 허우적거리기도 했지만 그때마다 부처님 진리의 말씀이 들려왔다.

'형상에 이끌리지 마라. 형상에 집착하지 마라.'

참으로 어려운 법문이지만 깨닫기 시작하였다. 그곳에 머물면, 내 마음 내 모두를 빼앗기면, 불사할 수 없으니 집착을 벗어 버리자. 저 산처럼 우뚝 설 대웅보전을 불사하기 위해 지금부터 복을 짓자! 그렇게 다짐하고 실행하기 시작했다.

나를 속이지 않는, 나 자신을 바르게 깨우친 승려가 되기로 했다. 부처님처럼 분별도 차별도 없이 정성을 다해 다시 사찰음식을 만들기 시작했다. 어리석었던 모든 것을 다 벗어 버리고 '나'라는 의식조차 다 벗어버렸다.

하지만, 차별과 시비가 빈번한 백화점 그곳에는 항상 문제가 있었

다. 맛이 있다느니 없다느니, 일방적인 이유로 탈도 많았고 미움도 원
망 그리고 고통과 번뇌도 많았다. 하지만 그것들 모두가 상대적이란
걸 알기에 나는 그저 "예."라는 말밖에 하지 않았다. 이후 시간과 공간
이 흘러 나는 어느덧 당당하게 대웅전을 불사하게 되었다.

나는 '나'라는 생각을 버린 지 오래되었다. 장류를 팔아 물질적인
공덕으로 불사하였지만, 불사 공덕 그 진리 속에 부처님의 법이 있음
을 안다. 그래서 나는 앞으로도 영원히 부처님 진리, 참다운 부처님
모시고 이곳에서 열반할 때까지 주인공이 되어서 기도하며 살아가
리라.

삼시세끼

불자들은 하루 세끼 밥해 먹는 일이 왜 그리 힘들다고 할까?

스님들은 아침 공양 시간 5시면, 항상 하루 전날 모든 야채 총동원해 공양 준비를 한다. 고구마, 호박넝쿨 이리저리 제치며 따고 캐고 해야 공양물의 귀함을 알아보고 호박과 고구마의 단맛을 느낄 수 있다. 땅을 후벼가며 얻은 감자가 고소하고 담백하다. 바로 이런 맛이 삼시세끼를 책임질 식재료들이 아닌가. 아, 모든 재료는 자연이 준 것이고, 요리는 귀한 음식을 맛볼 수 있는 우리 조상의 지혜가 아닌가.

옛 고승들이 내려주신 사찰음식은 지금 내가 하지 않으면 영영 잃어버려 없어질까 두렵기도 하다. 천년 고찰 비법이 잊혀질까 심히 걱정되어 몇 안 되는 음식이지만 곱씹으며 요리한다.

자연은 오래 머물 수 없다. 따라서 제철에 맞는 자연 식재료가 영양적으로나 향으로 맛으로나 바루에 담기에는 최고의 음식이다. 하지만 이런 자연의 음식 재료들도 그대로 두면 풀잎이요, 스님 손이 가면 자연이 느껴지는 상큼한 나물이 된다.

사찰에서는 천연 재료를 이용해 음식이 만들어지기에 여러 가지 요리법에 따라 모양과 맛과 향이 고소하고 담백하고 다채롭다. 정말 신기할 정도다. 바루에 음식을 담아 먹는 순간 눈으로 입으로 "아!" 하며 왠지 모르게 천년만년 살 것 같은 기분에 취해 신선이 된 것처럼 먹

고 즐기며 폼을 잡는다. 오늘도 자연의 이치 속에서 스님들은 자연히 깨닫는다.

"자연이 곧 도요, 도가 즉 자연이니라."
도가 있는 자연 음식을 바루에 담는다.

실천 수행으로 음식을

마음에서 나쁜 것을 품고 음식 재료를 만질까 하여, 만지기 전 부처님 전에 삼배를 올린다. 약이 되는 음식, 재료의 본연에 맛을 살리기 위해 오늘 하루도 마음으로부터 손끝까지 청정, 청결하게 집중하며 조심조심 정성을 다한다.

재료의 선택은 음식 하는 내 마음이지만, 어른스님들에게 옛 음식을 듣고 배웠으니 그 방법을 실천하며 정성을 다해 보자. 공양간 살림살이는 소박하지만 진심으로 만든 음식은 신심이 절로 나게 만들어 보자. 습관성 음식이 아닌, 그냥 만든 음식도 아닌, 사찰의 종교 수행의 첫걸음인 음식으로 만들어 보자. 정말 무서운 것은 음식이 아니던가! '나는 음식 잘한다'고 이상만 높게 하지 말고, 보현보살님의 실천 수행(법성게)하는 음식을 만들자. 건성으로 만든 음식은 부처님 전에 올릴 수 없듯이, 대중 스님들 건강 또한 생각을 아니 할 수 없다.

칠월 칠석, 칠월 백중을 앞두고 삶과 죽음 앞에 나이는 들어 총명한 기운은 조금 떨어져 맛을 내고 간을 맞추는 것은 순서가 바뀔지라도 노력해야 한다. 마지막 뒷방 노스님으로 은둔 생활하기 전까지는 번뇌와 깨달음을 반복해야 한다. 습관화된 음식이 아니라, 자연이 준 귀한 재료로 귀하게 준비하여 건강을 책임지는 공양간 소임자로 살아보려고 노력한다.

조용히 나 자신을 거울 보듯 비춰보며, 그 모든 것이 나의 마음가짐에 달려 있다는 것을 음식으로써 또 깨닫는다.

'탐욕, 성냄, 어리석음과 같은 마음이 습관화되어서는 안 된다.'

그렇게 다짐하고 보완하며 부족한 부분을 장점으로 승화시킬 수 있는 마음가짐으로 오늘도 공양 준비를 한다.

동이

절집 아이 홍인이가

"아유, 귀여운 우리 강아지!"

동이를 연신 껴안고 뺨을 비벼댄다.

동이는 업동이다. 홍인이 주먹만큼 아주 작은 강아지가 새벽이슬을 머금고 겁에 질려 오돌오돌 떨며 스님 곁으로 와 비벼댄다.

"같이 살자고요! 네? 동이랑 같이 살아요!"

홍인이가 마구 매달린다.

"그래, 같이 살자!"

따뜻한 물 한 잔을 주었더니 단숨에 들이키며 헥헥 숨을 몰아쉰다. 이 산을 오르느라 꽤나 힘들었나 보다. 그러고는 홍인이 방석을 자기 것으로 아는지 깔고 잠을 잔다.

귀엽고 예쁜 강아지, 그토록 순수하던 재롱둥이 동이가 이제 제법 커서 홍인이를 깔본다. 하지만 홍인이는 동이를 지금도 지극한 마음으로 대하고 학교 다녀오면 제일 먼저 찾는다.

"동아!" 하고 이름을 불러준다.

그런데 가끔은 홍인이가 동이를 괴롭힌다. 좋다고 하면서도 꼬리를 잡아당기고 콧수염을 당기는 등 가끔은 괴롭히고 싶은 모양이다. 그래도 수놈끼리 으르렁거리며 잘도 논다.

나는 그저 두 강아지가 귀엽고 사랑스럽다.

인생

어머니 배 속에서 태어나
걸음마 시작하면서
이 넓은 세상에 배울 것도 많았다.
한 가지라도 뒤지지 않으려고
밤잠 설치면서 공부하고 수행하며
지나온 분주한 시간을 되돌아본다.
지금부터 다시 시작이다.
새로운 삶이 시작된다.
승려로 다시 태어나 타고난 재주를 발휘하여
부처님을 모시는 법당을 불사할 수 있을까?
항상 꿈을 꿔보며 현실에 가깝게 노력하여 본다.
언젠가 큰 법당을 우뚝 서게 할 수 있을까 하고
동동걸음치며 여기까지 달려왔다.
상상의 날개를 펼치며
다시 한번 힘차게 날갯짓해 본다.
승려의 인생으로 날개를 펴
저 높은 곳을 향해 날아올라 본다.
드디어 꿈에만 그리던 부처님
궁전을 완성하였다. 꿈인가 생시인가?
이 행복한 꿈에서 깨고 싶지 않다.

도림사 역사박물관

옛 고승들의 숨결
지금도 숨 쉬는 듯한
청동 유물들을 바라보며
옛 문화의 소중함과
고승들을 그려봅니다.
불공 올리는 일에도
편리함만 찾는 시대의 흐름 속에서
오래오래 옛 물건 간직하려는
이유를 생각하며
지혜로움을 그려봅니다.

지금 세상은
새것을 숭배하고 깔끔한 척하며
깊은 뜻 헤아리지 못합니다.
이에 저항하여
전통문화를 소중히 지켜내야 할
도림사 대중 스님들.
비록 작은 공간의 박물관이지만,
지난날과 현실을 그려보며
함께 역사의 한순간을 지키려 합니다.

소원성취 탑

과거로부터 현재 그리고 미래까지
소원성취 탑은 영원할 것이다.
저 하늘이 투명하고 영원한 것은
어떤 형체를 가지고 있지는 않지만,
도림사의 탑은 영원할 것이다.
저 하늘의 파란색을 누가 만들어 놓았을까?
산사의 탑은 누가 만들어 놓았을까?
스님들의 원력은 거대한 공간에 태양도 있고
별들도 있듯이 산사에는 스님들이 계신다.
과학자들이 끊임없이 탐구하듯이
산사의 스님들은 도림사라는 신비한 옛 이름을 이어받아
소원성취할 수 있는 돌탑을 쌓으면서 고도 정진 하신다.
언제나 중생들의 소원을 횃불처럼 활짝 밝히는
그날까지 기도하며 정진하는 스님들,
그들이 바로 부처가 아닐까.

산사의 부처님

산사에 드는 일은 언제나 새롭고 행복하다.
법당에 두 무릎 꿇은 채 절을 하면서
세상 모든 것 다 내놓으라고 한다.
절을 하면서 자기가 무슨 다 가진 것처럼
정복했다고 생각하는 중생들이다.
천만의 말씀이다!
잠시 절 좀 했다고 부처 경지를 어떻게 알겠는가?
법당의 부처가 무릎 꿇게 하진 않잖은가?
한번 생각해 보게나.
언제나 모든 것 내어주시던 부모 앞에 무릎 꿇어
불효함을 반성해 보았는가?
부모님만 한 부처님 못 보았네.
부처님은 그저 그 모습 그대로 그 자리에
머물고 계시지만, 부모님은 곧
저 먼 아미타 부처님 전으로 가신다네.
부모님께 무릎 꿇고 절하시게.
오래오래 효도하시게.
백중기도 하면서.

고즈넉한 시간에…

· · ·

부처님이 좋아 절이 좋아, 그 깊이는 모르지만 간절한 마음으로 모든 삶과 멍에 벗어던지고 숙명처럼 출가했다. 별같이 반짝이고 달같이 적적한 경지가 바로새겨진 부처님 법문을 따라왔다. 깨달음의 길이 무엇인지 몰라도, 한 세상 살아보려고 출가하여 불화도 그려 보고 판화 작업도 해봤고 달마대사 그림도 죽은 나무에 그려보았다. 새 생명 불어넣어 판화 작업에 몰두해 온 지금 대웅보전에 현판과 주련을 작품으로 남겼다. 조금은 투박하고 소박하지만 나의 손에 쥐어진 칼이 나무판 위를 지나가면 마음을 일깨우는 경지가 된다.

하지만, 숨 한 번 크게 쉬면 칼날이 춤을 추고 번뇌 망상이 잡념이 내 마음 가득 자리를 잡는다. 일체유심조라 하였거늘 어찌도 이리 마음이 새털 같은가! 불교에 귀의하여 순간순간 치열하게 내 자신과 싸웠건만, 어찌 아직 번뇌 망상이 꽉 찼는가! 불교의 깨달음을 그림판 위에 올려놓고 일 심, 일 각, 일 배 더없이 간절한 마음으로 화두를 던진다.

깨달음은 무엇인가? 승려로 산다는 것은 무엇인가?

목판 위에 올려놓고 생각해 본다. 크고 화려한 것을 원하는 것은 아니지만, 그저 부처님께서 만족하셨으면 하고, 큰 울림을 기다리는지 모른다. '아직 멀었네, 깨달음의 길이. 한세상 지고 나면, 또 반야의 지혜는 상간 없는 것을. 나의 실상에 고통과 고뇌가 생각의 판화 속 그림인가 보다.' 알아차리자, 한 생각의 그림자임을 일깨워 다시 한번

보석처럼 영롱하게 바다처럼 넓게, 실상의 자리에서 부처님 진실의
말씀과 법문을 목판화 위에 올려놓고, 여유로운 마음으로 마지막 작
품 하나, 남겨 볼까 싶다.

　깨달음의 마음이 깃든 작품은 일으킬 것도 멸할 것도 없는데, 세상
의 모든 물질 부귀영화는 언젠가는 없어지는 것을. 갈 때는, 작품 하
나 아무것도 가져가지 못하는 것을. 생전에 지은 업만 가져간다는 것
을 빨리 깨닫고, 맑고 여유로운 부처님 품에서 분별도 일어남도 없이
그렇게 부처님 위대한 가르침을 따르고 싶다.

크나큰 도(道)는 천 겁, 만 겁 만나기 어렵다는데, 이제 이렇게 출가
하여 부처님 법 만났으니 삼라만상 더불어 편안한 마음으로 머물러
참다운 우리 스님들과 한평생 마음 닦으며 살아야겠다.

이제 번뇌와 망상 부처님께 다 주고 맑고 향기롭게 지금 이 순간을
소중히 여기도록 하자. 부처님 진정한 가르침을 마음에 꼭 새겨서 부
처님의 제자로서 그분의 행을 실천하자. 그리하여 마침내 성불의 거
룩한 열매를 딸 수 있을 때까지 노력하며 살자.

인연이 있다면

무한한 공간과 영원한 시간 속
지금 이 순간에 만족하는가?
만족함을 알아차리고 있는가?
마음속 시간에 집착하진 않는가?
서로의 인연에 의지하며 살아가면서도
그저 살아 있어서 살아가고 있지는 않은가?
지금 이 시간에 알아차려 보라.
'참 나'의 생각이 어디에 있는지,
실체가 고정되어 있지는 않는지,
이 순간에도 과거에 집착하지는 않는지,
무엇을 위해 살아가고 어디에서 왔는지.
온 우주와 하나 된 지금 이 자리에
너를 만난 이 자리에서처럼
지금 모습처럼 어디든 인연 처에서
한 생각 한 시간을 시작해 보시게나.
한순간의 시간을 알아차리는 이것이
참 나의 모습이 아닐는지.
비바람에 떨어지는 꽃잎의 시간 속에
나를 맡길 순 없잖은가.
집착은 많은 시간을 보내고 나서야

그 시간의 소중함을 안다네.

알고 나니 네 옆에는 아무도 없다네. 허허, 참…

오직 이 순간 서로의 인연에 감사하고, 또 감사하시게!

참 나를 찾는 시간이 되었으면 하네.

만남!

산길 따라 토굴에 와서 아주 귀한 인연이 깊은 곳 산중까지 전해졌다. 밝고 수렴 청정한 모습으로 나에게 찾아와 부처님에 관한 법문을 듣고 싶다고 했다. 향기 나는 차 한 잔을 만들어 이런저런 정담을 나누다 인연에 대해 말해주었다. 단발머리에 큰 눈을 굴리며 귀도 쫑긋하고 얼굴은 발그레한 모습으로 열심히 나의 말을 들어주었다.

참 신기한 일이다. 나는 오늘 할 일이 많아 차담(茶談) 나눌 시간이 없어서 콩밭을 매며 인연 이야기를 재미나게 하였다. 그런데 이게 웬 횡재인가! 콩밭을 내가 종일 멘 것보다 더 빨리 깨끗하게 메는 게 아닌가? 인연의 이야기를 끝맺지 못해서인가, 나 역시 인연이 무엇인지 모르지만, 너와 나는 스승과 제자로 살아야 할 인연, 서로가 필요한 인연이 아닐까?

좋은 스승과 제자로 만나 살 줄이야. 누가 알았을까, 아- 이런 인연으로 만나다니. 조그마한 토굴에 가는 길은 소나무로 우거져 있었다. 그때 그 산길을 따라 올라오던 소녀의 모습. 큰스님과 내가 눈만 봐도 부끄러워 얼굴 붉히며 그저 웃기만 하던 너였다.

소통과 공감과 감동이 전해졌나 보다. 그 시간이 참으로 나에게 의미 있는 시간이다. 전통 한옥도 아닌 보잘것없는 토굴에서 볼 것은 아무것도 없지만, 언제나 토굴에 오면 두 스님이 계시니 참 좋다고, 스님들의 뒷모습조차도 더없이 넉넉하고 평온해 보인다고 말하며 합장 예를 갖추었다. 그런 순박한 모습에 너를 잡고 싶었다.

잠시 찰나의 순간에 '저 어린 소녀를 부처님과 함께 살 수 있게 하여 주십시오' 하며 큰스님을 쳐다보았다. 큰스님은 잔잔한 미소에 사랑을 가득 담은 덕담을 하셨다.

"우리, 같이 살자."

나는 내심 깜짝 놀랐다. '그래, 이때다!' 하고. 출가해야만 잘 살 수 있다고 그렇게 거짓말을 했지. 그러니 너는 정말 "저 스님이 될 수 있어요!" 하고 답을 한다.

"그럼, 그럼!" 하고 큰 소리로 호언장담했다. 터무니없는 말도 하고. 무슨 말을 해도 좋을 만큼 큰스님도 나도 마음에 들었다. 그것이 인연이 아닌가. 지금껏 살아오면서 목소리 한 번 크게 내는 일 없었고, 항상 어른스님들의 말씀에 귀 기울이며 살았다. 또 도림사가 사라질 위기에 처한 그때, 바르게 보려고 불사를 자청하여 고생도 많이 했다.

네가 없었으면 도림사가 사라졌을지도 모른다. 폐사가 된 도림사를 다시 복원시켜보려고 하는 너의 애정과 열정이 도림사를 다른 모습으로 거듭날 수 있게 한 것 같다. 저마다 생각이 다르고 기준이 다른 스님들 밑에서 불사하느라 고생이 많았다. 이제 아무 생각 없이 바라보는 대웅보전과 관음전, 박물관 모두 너의 눈높이로 바라보는 차이는 분명히 있을 것이다. 지금껏 살아온 삶의 애환 서린 터전을 지키고자 하는 너의 마음에 감응하고 있다.

어린 나이에 출가를 선택했지만, 지금은 불사 다 했으니 정말 수고 많았다. 수행자로, 그리고 도림사의 원주로 애꿎은 소리 들으며 지나온 지 어언 강산이 두 번 넘는 세월이 되었구나. 지금은 괜찮지? 아름다운 부처님의 향기만이 몰아치는 언덕 위 부처님의 도량으로 만들어졌으니까. 관광 사찰로 공원처럼 조성하여, 지친 사람들이 영혼을 달래며 행복해하는, 아름다운 사찰로 만들었잖니?

믿기 어렵지만, 도림사는 우리스님들의 발원대로 명찰(名刹)이 되었다. 많은 사람이 찾아와 내려다보는 시내의 전경과 적멸보궁 와불산을 바라보면, 지나온 날들이 파노라마처럼 스쳐 간다. 그동안 목숨을 걸고 정진하니, 발걸음 닿는 곳마다 부처님이 아니 계신 곳이 없다. 청동 유물 전시관, 도림사 역사박물관, 그리고 먼 고려시대 유물 전시관까지. 꿈에 보아도 생각만 하여도 대덕 큰스님들의 발자취가 그려진다. 이렇게 역사의 한 페이지를 전시할 수 있다는 것만으로도 기쁘고 감사하다.

과거로부터 현재에 이르기까지 변한 바 없는 귀한 문화유산을 잘 지키길 바란다. 너는 부처님 복 많이 지으며 살아왔잖니. 복이 아무리 하늘처럼 많고 많아도 언젠가는 다 없어지는 복이니. 이제 복 짓는다고 생각 말고, 우리 두 스님들 잘 돌봐 주시면 성불 따로 없지 않을까?

삶이란 다 그런 거지! 그 긴 세월 다 가고 남은 것은 회색 옷만 걸친 허수아비, 이끼 짙은 바위 밑에 핀 이름 모를 풀꽃 한 송이. 아하, 너는 언제나 변함없이 두 스님을 지켜왔건만 나는 오늘도 지켜 달라 아우성친다.

나는 너를 진정 나로 있게 할 수 없음인데, 그저 초연히 남은 삶을 더욱 가슴깊이 따뜻하게 찾아온다. 청수 한 잔 부처님 전에 올려놓고 오늘도 합장하며 고맙고, 감사하네. 수고 많이 하셨네.

나의 행복이 무엇인지?

나는 승려로서 부처님의 법을 잘 받들고
대중 스님들과 잘 어울리며
승려로서 본분을 다하며
올바른 서원을 세워,
바른 생각과 언행을 하기 위해
지식을 쌓고 나 자신을 살피고 성찰하며
보시하고 법의 계율을 잘 지키면
승려로서 최고의 행복이 아닐까요?

내 마음 밭에 잡초가 무성할 수 없으니
수행자로서 마음의 밭을 가는 것은
번뇌에서 벗어나기 위한 수행이기에
매일매일 행복합니다.
행복은 해탈의 기쁨이 되듯이
언제나 마음 번뇌 상징하며
설사 수행자의 생활에서 얻은 바 없다 하더라도
지금의 행복을 추구하며 살아가 보렵니다.
행복이 무엇인지 몰라도 지금은 행복합니다.
행복이 있다면 지금 이 순간이 행복입니다.

스님 가슴에 불을 지른 홍인이

푸근한 내 가슴 속 깊은 곳에

한없이 용솟음치는 따뜻한 사랑.

오직 너에게 향한 사랑은

오랜 세월 독신을 주장하며 뿌리 박고 살아온

스님 가슴에 불을 질렀다.

너무도 귀엽고 예쁘고 아름답기에

스님들 가슴에까지 황홀하도록 사랑을 느꼈다.

그 자그마한 몸짓은 사랑을 고백하지 않을 수 없었다.

내 품에 꼭 안고 포근히 잠들어 있는

사랑하는 작고 귀여운 아기 홍인이.

바람결에 꽃을 피운 너의 모습에 나는 취한다.

그림자 비친 물에 얼굴을 씻고

두 팔 벌려 너를 안고 살아오는 동안

표현하지 못했던 마음을

이 순간만큼 마음껏 표현해 본다.

모든 것이 다 떠나가도

모든 것이 다 잊혀져도

언제나 내 가슴 속에 반짝이는 사랑

우리 멋지고 따뜻한 사랑을 나누자.

고독하던 시기에 너를 만나

지금은 더없이 행복하다.

공양간(절집 주방)

매일 매일 같은 장소, 같은 시간 속에 우리 식구들은 공양간에 모인다. 같은 일을 하지는 않지만 모두가 바쁜 하루에서 가장 소중한 시간이 공양 시간이다. 매일 아침 만나면 주고받는 평범한 말 한마디.

"안녕히 주무셨습니까."

그렇게 인사하며 스스로를 위로하고, 하루 힘의 원천인 미소를 지으며 합장 반배 한다.

하지만 홍인이는 커다란 눈을 비비고 비틀대며 합장하며 웃음 반, 짜증 반. 나는 기상나팔 부는 군인처럼 씩씩하게 홍인이에게 한마디 한다.

"홍인아, 정신 차려."

아침밥 먹기 싫어 투정 부리는 홍인이를, 가족들 사이에서 혼자가 되어버린 홍인이를 나는 또 한 번 웃음으로 다독인다. 오늘도 멋진 남자는 실존주의자처럼 아무거나 잘 먹어야 한다고 숟가락을 들어 홍인이 입에 넣어준다. 홍인이와 나의 매일 약속처럼 밥을 먹여준다. 세상의 멋진 아이는 홍인이처럼 혼자라야 되는 듯이 말이다. 언제 우리 홍인이는 유유자적(悠悠自適)할까?

그렇게 밥그릇을 비우며 하루의 에너지를 삼킨다. 오늘 하루도 살기 위해 몸부림에 불가한 원시적인 생활이지만, 그래도 우리는 사랑과 행복이 있는 공양간이 있지 않은가. 그저 하루가 지쳐도 아침이면

서로 단장하고 힘 있는 얼굴로 공양간에서 만나지 않는가. 절에서 유일하게 가족이 다 만나는 곳, 서로가 편안하게 생각하는 곳. 오랜만에 만난 동지처럼 서로의 일과를 이야기하며 하루를 시작한다.

아! 오늘 하루가 또 행복했으면 좋겠다.

해탈한 고인

　승천원(화장장) 가는 길은 깊고 깊은 곳을 향하는 길 같았다. 비도 오고 어둡기도 한 새벽길. 너나없이 한 번은 가야 하지만, 나는 오늘 염불을 하러 간다.

　한평생을 살다 가신 고인은 입을 굳게 다무시고 삶의 무게가 얼마나 무거웠으면 견디지 못하고 쓰러진 고목처럼 이렇게 가실까? 고인이시여, 오늘부터 당신은 무게를 줄여 나갈 것입니다. 스스로 당신의 무게를 느낄 수 없기에 아주 가볍게 화장하여 당신의 무게를 줄여 줄 겁니다.

　오래오래 못한 것 접어두셨으면 이승에 다 놓으시고 가볍게 훨훨 날아가소서. 도림사 영정으로 다시 돌아오실 때는 높이 오른 서산에 저 멀리 보이는 북망산천에 다 털어버리고 가볍게 날아오소서.

　저것들, 자식들이야 어쩌든지 형제간에 싸우지 않고 의좋게 살아보라고 놓아두시고, 아미타 부처님 곁으로 훨훨 날아오소서. 온 천지 다 삼천 대천 세계가 가득하더라도, 부처님 설하신 도림사 법당의 영단은 실상의 지장보살이 친견하는 자리이며 사십구재 동안 물질에도 만족할 것이며, 염불 소리에도 만족할 것이며, 제사 제물도 맛보며 촉감으로도 느끼실 것입니다.

　사십구 일 동안 스님들과 함께하기 위해 아침 새벽을 길을 달려왔으니, 어서 갑시다. 화장장에는 불이 났으니, 큰일 났다 생각 마시고 모두 다 놓고 갑시다. 처음부터 본래가 텅 빈 것을… 어서 갑시다.

아름다운 동행

백원산 초입에 들어서면 많은 탑이 보인다. 첩첩 산을 끼고 올라오면 탑 위에 높기만 한 구름, 험한 인생의 숲길을 지나온 지난날의 회한이 느껴진다. 울긋불긋 진달래꽃도 피고, 산은 푸르름이 바다와 같다. 빼어난 대웅전은 다시 봐도 황홀하다. 새벽의 아침 공기는 맑은 향기 되어 추녀 끝에 맺힌 이슬 꽃 같구나.

아! 속세를 떠나온 지 어언 30년 세월이 지났는데도 욕망과 욕심, 미움과 원망 작은 시비 속에 살아가는 것이 중생과 다름이 무엇인가. 향하나 사르어 부처님 전에 올리며 다시 한번 기도해 보지만, 빼어나게 아름다운 부처님 모습만 보고 살아왔나 싶다.

이 아름다운 환경에 살면서 내 시야 속에 핀 꽃만 바라보며 살아왔을까. 아침이면 동쪽에서 여명도 밝아 오는데, 수각(水閣)에는 초라하기 그지없는 승려 하나 서 있는 모습만 보인다. 초췌한 모습에 화들짝 놀라 떨리는 가슴으로 다시 한번 민둥한 머리를 만지며 탄식한다.

이 아름답고 향기로운 산중에 살면서 아직도 버리지 못한 걸망, 그 속에 깊이 넣어 놓았던 탐진치(貪瞋癡)*를 모두 뒤집어 깨끗이 툴툴 털어버리면 어떨까? 하늘을 날아 아름다움을 보는 것보다, 땅을 딛고 다니며 이른 아침에 핀 꽃의 아름다움을 느끼며 번뇌 망상 다 버려버

---

* 삼독(三毒)으로써 사람의 착한 마음을 해치는 세 가지 욕심, 성냄, 어리석음을 뜻함.

리면 어떨까? 그렇게 깨끗하고 밝은 얼굴로 산승(山僧) 늙은이로 살아가면 지혜의 눈이 열려 맑은 내 모습으로 변하지 않을까?

10년을 더 살아보더라도, 수각에 비친 나의 모습 숨길 수 없으니, 나의 수십 년 산중생활 어리석은 내 모습 한순간에 깨닫겠지. 그 모습을 선이니 악이니 분별 말고… 지나온 산사의 생활, 추위에 얼어붙은 꽃봉오리처럼 초췌한 내 모습 가련하게 보지 말자. 처마 밑에도 밝은 달이 스스로 배회하듯이, 늦게야 맑은 부처님 음성 산사에 울려 퍼지네.

공연히 쓸데없는 한 생각에 세월만 가버렸다 생각하지 말자. 그저 소중한 인연 스님들과 오래오래 살다가 기약 없는 날 혼자가 되어도, 홀로 지팡이를 짚고 산중에 우두커니 서 있어도, 늦봄에 핀 꽃송이의 향기를 생각하며 수각 속에 다시 핀 밝디밝은 모습으로 변해보자.

새소리, 바람소리, 다 지나온 세월을 너무 한탄하지 말자. 꽃이 피고 봄이 오듯 부처님 깨달음은 느릿느릿 진리의 삶을 주신다. 어두운 밤이 있으면 밝은 날이 있듯이, 그 거센 바람도 잠을 자듯이, 법당 문전에 잠시 기대어 향냄새 맡으며 선정에 들어본다.

부처의 화려한 모습에 경솔하지 말고, 밝은 달빛 속에 어둠을 찾지 말고, 동지섣달 찬 바람도 봄바람으로 바뀌듯 나도 이제 번뇌 망상에서 깨어보자. 주름진 얼굴은 온통 수척하지만 그래도 한 세상 부처님 전에 살았으니, 느끼는 것 있을 것이니, 주름진 얼굴은 살아온 세월 격조가 있겠지.

산중에서 사는 인생 말로는 표현하기 참 어렵지만, 그래도 글로 써보니 이치를 깨닫게 되는 것 같다. 그래, 어디 한번 크게 웃으며 느껴보자. 다시 한번 작은 수각에 연꽃 하나 띄워 놓고

차 한 잔 기울이며 모든 번뇌 다 사양하고 회색 옷 승복 저고리 고

름 다시 꼭 매본다.

분별없는 먹물 옷 입었으니, 나란 의식 사라진 곳, 바로 이곳 산중에서 순간순간 깨어 있음을 지금 알았어도 어쨌든 알았으니, 참 다행 아닌가. 그러니 지나온 세월과 사유가 이슬과 같고 그림자 같다며 부질없다 생각 말고, 산중에 살아가는 우리 대중들과 죽는 날까지 도반으로 벗으로 천년만년 염불 소리 들리는 산승의 삶을 내 깨달음으로 여기자.

그래, 절집 식구들의 따뜻한 기운에 몸과 마음이 편안함을 이제야 느낀다. 이곳 산중 절집이 부처님이 법을 설하신 곳임을 알고 이 도량에 살고 있는 내가 그저 감사한 마음이 든다. 부처님 품이라는 것을 이제야 알았지만, 아직도 늦지 않았으려나.

지금껏 나는 빈 배로 중생들 사이에서 어리석은 바다를 떠돌아다니다가, 머문 바 없이 살다가 갈 뻔했네. 소중하고 소중한 대중 스님들과 중생들, 그들과 더불어 산중에 살아가는 이 시간이 불성의 깨달음이란 것을 이제 안다네. 당신의 가르침을 믿고 맑고 향기로운 거처에서 바위 수각 샘물 벼루에 물을 담아 한 편의 생을 그려본다. 밝고 맑은 그대 얼굴이 나의 가슴에 들어온다. 붓끝에서 피어나는 나의 모습. 그래, 그대 미소 그리 밝으니, 수각에 비친 내 모습도 오늘은 유난히 밝구나.

회주 스님과의 인연

　회주 스님은 예천에서 태어나 음악 선생으로 계셨다. 무엇이 그리 찾고 싶어 스님 길에 들어섰을까?

　아무것도 없던 절집 살림, 앙상한 서까래만 남은 토굴이라 몸도 마음도 다 가난한 상태였다. 세 스님이 모여 살기에는 외로운 텅 빈 토굴이었다. 나는 숲속에 취하고 싶어 이 토굴에 찾아왔지만, 회주 스님은 곱게 자란 소녀처럼 황폐한 원시림에 가까운 토굴은 견디기 힘들었을 것이다.

　하지만 참나무 고목나무 가지 위에 부엉이 울어 대고, 딱따구리 딱- 딱- 소리 내며 쪼아리고, 새가 능히 춤을 추고 노래하며 계곡물은 옥비 되어 귀양 와서 떨어지는 이곳, 안개비 속의 토굴은 아름답기 그지없다.

　회주 스님은 토굴에서 벌레 소리만 들려도 천둥 번개 치는 소리만큼 깜짝 깜짝 놀라시더니, 이제는 나보다 더 즐기신다. 산속의 적적히 핀 이름 모를 꽃잎이 떨어지면 그걸 주워다가 찻잔 속에 띄우고 가만히 바라보다 눈을 지그시 감는 모습이 이미 불이문에 드신 모습이다.

　꽃향기, 풀 향기 그윽한 부처님 전에 피운 향 내음이 오늘따라 빼어난 향기로 거듭 향기롭고 아름답구나. 나 혼자 이 아름다운 자연을 혼자만 느끼고 살려고 했는데, 이미 우리 스님이 부엉이 소리, 딱따구리 소리 들으며 다시 돌아올 줄이야.

　도림골 토굴은 오로지 그윽한 빛으로 자연 그대로 서 있었으니, 다

시 돌아오신 스님이 즐기기에 참으로 안성맞춤이다.

　세상 사람들 알지 못하고 지금 우리 스님들만 아는 아지트가 이렇게 아름다울 줄이야. 지금은 부처님 도는 멀리하고 계곡 바위 위에 걸터앉아 세 스님의 왁자지껄 웃음소리만 들린다.

　이것이 꿈이라면 깨지 않고 싶고, 이것이 달빛 아래 회색 옷 입은 승려라면 해탈과 열반도 하고 싶지 않다. 묘한 인연으로 만나 이 따뜻한 봄날 옥석 바위 위에 앉았으니 이대로 백발 도사가 되고 싶다.

　스님들 마음속에 핀 연꽃 향기는 질 줄을 모른다. 우거진 산림 속에 들어와서 모든 일 다 겪었지만, 이렇게 시작이 있었으니 끝도 있는 우리 세 스님. 처음에는 잠시 방황도 했지만 토굴 생활이 이제는 익숙해졌다. 어언 세월이 흘러 흘러 서리 머금고 간 긴 세월도, 눈빛에 비추며 추위 속에 얼어붙었던 추녀 끝 고드름도 익숙하다.

　오늘날 군불 땐 아랫목에 옹기종기 앉아서 오순도순 뜨거운 차 한 잔 마시며 반백이 다 된 모습, 맑은 서리가 머리 위에 앉았다고 생각하련다. 부처 나온 이 토굴이 나에게는 극락정토 따로 없다. 옆에 있는 부처들과 차 한 잔 더 하고 싶다.

지나온 나를 보니

옛날로 거슬러 올라가면 보이는 집… 짙은 안개 속에 쌓여 자장가를 부르듯 좁다란 나무다리를 건너면, 하얀 연기 품은 작은 굴뚝 그 오두막집. 나는 거기서 막내 꼬마라는 별명을 가지고 태어났다.

유년 시절 강가의 모래밭을 이불 삼아 온몸을 파묻고 깔깔대며 놀다 잠을 잔 적도 있었다. 어머니는 초롱불을 들고 온 강을 헤맸다. "꼬마야, 꼬마야!" 하며 부르는 소리가 아주 멀리서 들려왔다. 깨어보니 주변은 온통 깜깜한 밤하늘 별만이 반짝였다. 그때 어디선가 들리는 엄마의 목소리, 나는 와락 겁이나 모래에 묻힌 흙도 털지 않고 달려갔다.

"엄마, 나 여기 있어!"

달려가 엄마의 치맛자락에 몸을 묻고 눈물을 흘렸다. 아찔한 그 순간을 잊을 수가 없다. 7살 정도의 나이로 기억한다.

"그래그래, 엄마야. 엄마 여기 있어. 언제나 우리 막내 꼬마 곁에 있어."

엄마는 두 팔로 나를 꼭 안아 주셨다. 전생에 무슨 복이 많아 그렇게 항상 많은 사랑만 주시는 우리 엄마를 만났을까. 우리 엄마는 참사랑이 많으신 분, 욕심이 없으신 분이셨다. 그런 우리 엄마, 영원히 내 곁에 있을 줄 알았다.

자식에게 자기 몸을 다 내어주시는 분. 아직도 두 팔 벌려 안아주시던 그 모습이 내 가슴에 저려와 두 눈에 뜨거운 눈물이 고인다. 지금 생각하면 후회스럽다. 항상 아침 일찍 우리 밥해주랴 씻기랴 일어나시며 "아이구, 아이구…" 앓으셨다. 그래도 나는 엄마가 당연히 먼저 일어나서 밥을 하시는 줄 알았고, 밥상을 물리면 바로 밭으로 호미 들고 나가시는 줄 알았다.

다리가 아프셔서 앉을 때 설 때 "아이구, 아이구…" 땀에 흠뻑 젖은 저고리, 흘러내린 쪽찐머리에 땀 범벅이 된 얼굴, 그때는 다 그렇게 사는 줄만 알았다. 손톱 발톱 두툼하게 굳어 있어 한 번 깎을 때면 아버지의 큰 손으로 꽉 쥐고 손톱을 베어내듯 하시던 그 모습. 아무리 힘들어도 두 분은 서로의 발꿈치 군살을 밀어줄 정도로 정다우셨다. 아버지께 어머니는 말씀하셨다.

"당신 수고했소. 발꿈치 갈라져 피가 나고 어려운 살림에 우리 아이들 먹으라고 비가 사탕 사왔으니, 참말 고맙소."

서로 쳐다보며 웃음 짓던 그 모습이 세상에서 가장 행복한 모습인 줄만 알았다. 그 힘든 삶을 두 분이 서로 나누어 짊어지고 나에게 무한한 애정을 주며 살아오셨다.

나의 아버지, 어머니. 정말 고맙습니다. 감사합니다.

그렇게 유년을 보내고 출가라는 온 세상 부처님 법문 다 깨달은 것처럼 큰 포부를 가지고 불교에 입문하였다. 아, 그런데 너무도 조용하였다. 시간과 바람과 살아 숨 쉬는 모든 것이 잠시 정지된 것 같다. 너무도 삭막할 정도로 조용하고 멈춰진 시간의 날이었다.

어른 스님은 나에게 아무것도 묻지도 따지지도 않고 그냥 나를 내버려 두셨다. 벌거숭이가 된 기분이었다. 인간사는 만나고 헤어지고 사랑하고 미워하고… 얼마나 치열한 광대처럼 바쁘게 삶을 저울질하며 살아가던가. 그런데 여기는 그 모든 것이 멈추어 버렸다. 나는 이 시간이 무섭고 착잡하였다.

'이렇게 살아도 되나. 이것이 내가 생각한 부처님처럼 많은 사람 앞에서 설법하고 중생을 구제하는 삶일까?'

많은 생각을 하며 다시 보따리를 쌌다.

'내 생각이 틀렸구나. 지금 내가 여기 있으면 바보가 될 것 같아.'

아무것도 보지 말라.

아무것도 듣지 말라.

'하지만 내가 그럴 수 있을까? 아니, 난 바보로 살 수 없어.'

내가 절에 간다고 말했을 때, 교회 집사로 신앙생활을 열심히 하던 어머니는 반대가 정말 심하셨다. 그런데 어머니의 정겨운 품을 떠나 이 산중에 들어와서는 하산을 결정한 것이다.

'하지만 난 바보로 살 수 없어'

나는 밤이 오기만을 기다렸다. 밤이 오면 스님 주무실 때 이 산을 내려가야지. 마음먹고 있는데 스님께서 내 옆에 다가와 종이 한 장을 건네주셨다. 종이를 펴보니 주소 한 장 달랑 적혀 있었다. 나는 봉투에 차비라도 들었을 줄 알았는데, 주소 적힌 종이를 보다가 잠깐 생각을 했다.

'그래, 스님이 하산하라고 적어주셨으니, 이 밤에 무섭게 험한 산길을 내려갈 필요 없이 내일 날이 밝으면 내려가야지'

오후 시간 나는 공양간으로 들어갔다. 공양간 보살님이 처음으로 던지는 말씀이 나를 잡아끌었다.

"행자님은 참 잘 오셨는데, 인연이 여기까지인가 봐요. 내일 아침이면 떠나셔야 하니 가실 때 걸망에 넣어갈 쑥떡이나 만듭시다."

나에게 처음으로 내놓은 과제였다. 나는 보살님과 쑥을 뜨러 계곡 주변에 돌아다니며 파랗게 돋은 예쁜 쑥만 골라 뜯어왔다. 처음 과

제치곤 너무 쉽다. 그런데 이번엔 쑥을 삶으라신다. 아! 이거 어떡하지. 나는 보살님 곁으로 우물쭈물 다가갔다.

"보살님, 나 아직 한 번도 쑥을 삶아본 적이 없어서…"

하고 말을 흐렸다.

"불을 피워 본 적은 있어요?"

"아니요. 보살님이 불 좀 지펴주세요." 하니

"아, 예! 같이 합시다."

보살님이 눈치를 채고 나에게 나무를 가져오라고 하셨다. 나는 소나무 나뭇가지 위에 살아 있는 솔가지를 꺾어왔다. 송진이 많아 불이 잘 붙는다는 이야기를 어디서 주워듣고는 무슨 꽃다발 한 아름처럼 안고 와서 가마솥 아궁이에 잔뜩 쑤셔 넣고 불을 붙이기 시작했다. 그런데 아무리 붙여도 불은커녕 하얀 연기만 내 온몸을 다 덮어 버렸다. 공양주 보살님이 말했다.

"아니, 행자님. 어디 계셔. 아궁이에 불붙이라 했더니 연기만 잔뜩 피웠네요."

하며 분주히 왔다 갔다 혼자 바쁘셨다.

연기는 큰스님 방까지 가서 고자질하듯 일러주었다. 갓 온 행자님이 온 도량에 연기만 피웠다고 일러준 모양이다. 큰스님이 나오셨다. 목소리만 들릴 뿐 모습은 보이지 않았다. 연기에 꽉 찬 목소리에 힘없이 들려온다.

"언제 불 피워서 언제 맛난 쑥떡 해 먹을래?"

하시며 호통치시는 목소리만 들린다.

나는 며칠 동안 아무것도 하지 않았지만 해가 다 저문 저녁에 너무 바빴다. 그런데 연기를 날리기 위해 부채를 가지러 간 사이, 불이 활활 타는 것이 아닌가.

"아니, 저렇게 불을 살려내다니! 우리 스님은 도사야!"

스님은 내 손에 뜯다 남은 작은 초 동가리 하나를 쥐어주셨다.

"옜다, 그래, 오늘부터 이 중은 불[火] 도사다."

그러고는 허허허 웃으며 방으로 들어가셨다.

"옜다, 우리 스님은 불 도사다."

나는 불 도사 스님께서 시키신 대로 초 동가리를 아궁이에 던져 넣었다. 정말 잘 붙었다. 불도사가 따로 없었음을 가르쳐 주신 우리 스님이 고마웠다. 쑥떡을 맛있게 만들기 위해 기도드렸다.

"불[火] 보살님 제발 꺼지지 말고 물만 끓게 해주십시오."

그때 처음으로 불 보살께 기도드렸다. 불 보살 덕분에 쑥을 잘 삶았다. 그런데 이게 웬일인가. 공양간에 다시 들어온 공양주 보살 손에는 검은 봉지 하나, 찬밥 덩이 하나가 다였다. 나는 방앗간 집 막내다. 출가하기 전 속가(俗家)에서는 떡 방아, 쌀 방아 모두 가진 정미소 집 자식이 아닌가. 그런데 찬밥 덩이로 떡을 만든다니 신기하였다.

"행자님은 남자 같이 생겼으니 힘은 좋겠소."

보살님은 방망이를 나에게 휙 내맡긴다. 나는 밤에 계곡을 타고 내려오는 산돼지 잡으라고 주시는 줄 알고 조금 겁이 났다. 산돼지를 본 적은 없지만, 무섭고 험한 이빨을 가졌다는 이야기를, 처음 이 절에 왔을 때 보살님들이 하는 소리를 주워들었었다. 이곳 횡성군은 워낙 깊은 산이라 산돼지가 낮에도 밭에 내려온다고 조심해야 한다고들 했었다. 무섭다 못해 오금이 저려와 방망이를 바위 옆에 세워 두었다.

"보살님, 오줌이···"

내가 바지춤을 잡고 어쩔 줄 몰라 하니 빨리 해우소에 다녀오라고 하신다. 참 고맙게 생각했다. 다행이다. 산돼지 보초는 서지 않아도 되니.

종종걸음으로 해우소로 달려가 볼일을 보는데, 밖에서 무언가 쿵!

쿵! 하면서 분주한 소리가 들린다. '아이쿠, 큰일 났구나, 이제 우리 보살님 죽었구나' 하고 엉거주춤 옷을 입고 자루 달린 똥바가지를 들고 소리 나는 곳으로 달려갔다. 멀리 달빛에 보이는 우리 보살님은 토끼가 방아 찧는 모습과 똑같았다. 허겁지겁 달려오는 내 모습을 보고 보살님은 오히려 나에게 물었다.

"행자님, 뒷간에 또 산돼지 내려왔어요? 거기가 걔들 놀이터예요."

으- 악-! 무서워서 숨어버린 뒷간이 산돼지 놀이터라니. 나는 숨을 곳을 잃었다.

"행자님 도와주세요. 방아도 찧어 주세요."

보살님은 삶은 쑥 한 덩이 낮에 먹다 남은 찬밥 한 덩이 넣고 쿵쿵 찧는다. 그걸로는 아무것도 할 수 없었을 것 같은데, 향기로운 쑥 향기가 나는 떡이 되었다. 그리고 고소한 볶은 콩가루에 당글당글 옷을 입히니 정말 쑥떡이 되었다.

나는 조물락 조물락 정성을 다해 콩고물을 무쳐서 저녁에 불을 피워주신 노스님을 찾아가 방문을 열었다. 노스님은 말없이 앉아 컴컴한 산만 바라보고 계셨다. 그 뒷모습이 어찌 그리 크시던지. 감히 '스님-' 하고 불러볼 수조차 없었다. 다시 조용히 문을 닫고 보살님께로 갔다.

"보살님, 보살님"

"아니 왜 떡은 안 드리고 다시 가져오셨어요?"

"노스님은 주무시는 것 같아요"

"그래요? 배고프실 텐데, 뭐 좀 드시고 주무셔야 할 텐데… 오늘 불 피우는 것이 너무 늦어 노스님이 먼저 누우셨나 봐요."

"아니요, 누우신 게 아니라, 앉아서 주무세요. 내가 들어가도 몰라요."

보살님은 킥킥킥 웃으시며 말씀하셨다.

"행자님, 노스님은 주무시는 것이 아니라 선정에 드신 거예요."

나는 보살님 말을 이해하기 힘들었다. 선정(禪定), 선정이 무엇인지 나는 아무것도 몰랐다. 기본 불교에 대해서도 몰랐다. 우리 엄마는 교회 집사셨으니, 불교의 기초 교리는 한 번도 들어보지 못했다.

다만, 아버지 친구분이 스님이시라 나를 데리고 점촌에 돈달산 꼭대기 작은 암자에 자주 나의 어린 손을 잡고 데려가 주셨다. 그 절은 동동주 술을 참 잘 담갔다. 지금 생각하면 대처승 절이었다. 아버지는 동동주를 곡차라고 하시며 자주 올라가셔서 곡차를 드시곤 하셨다. 아버지는 오늘도 그 절의 주지스님과 단청 불사하셨다고. 붉은빛의 환한 미소로 내려와 집으로 들어오셨다. 그래서 난 어린 마음에 절이 좋았다. 항상 웃으며 밝은 모습이신 우리 아버지. 평소에는 말도 없으시고 무서웠지만, 절에 다녀오시면 부처님처럼 너그러워지셨다.

"우리 막내 원하는 것이 있으면 말해. 다 사줄게."

이렇게 말씀하시니, 정말 절은 나의 우상이었다. 부처님 모시는 절에 살며 큰스님 되는 것이 나에게 큰 꿈이었다. 나의 꿈을 이루기 위해 세상에 그 많은 것을 다 제쳐두고 좁고 좁은 오솔길을 따라 큰스님 되고자 여기까지 왔는데, 선정에 드신 큰스님도 몰라보는 나는 바보가 되어버린 것이다.

'아! 그래, 알아야겠다. 배워야겠다.'

머릿속으로 수도 없이 되뇌며 다시 쑥떡을 들고 노스님 방문을 노크했다.

"스님, 들어가도 됩니까?"

"이놈아! 아까 왔을 때 주지 배가 고파 잠이 다 안 온다."

말씀하시며 웃으시던 미소가 지금도 생생하다.

그렇게 쑥떡은 나에게 큰 힘이 되었다. 절에서 주물럭주물럭 떡을 만들고 내일 당장 하산하려니 조금 아쉬웠지만, 쪽지의 적힌 주소가 궁금하여 얼른 잠을 청했다.

막상 눈을 떠보니, 꾸미지 않은 아늑함이 있고 넉넉함이 있어 그 방에서 일어나기 싫었다. 잠시 머문 절집이 처음으로 바로 보였다. 매화산 골짜기에 오롯이 첩첩산중만 보이고 세속의 불빛 하나 보이지 않는 아주 깊은 산속, 수행자라곤 노스님과 공양주 보살님뿐이었다. 새소리, 바람소리, 계곡물 소리 너무도 가깝게 들려온다. 하산하지 말고 이대로 도사님 모시고 살아볼까도 잠시 생각해 보았다. 그렇지만 도사님의 명령이니, 나는 서둘러 아침 공양을 하고 스님께 큰절 삼배 올렸다.

"스님, 잘 내려가겠습니다."

그때는 돌아올 자신이 없었던 것 같다. 노스님께서 주신 쪽지는 대전의 관음암이란 절이었다. 나는 강원도 횡성에서 대전까지 차를 타고 달려 차 안에서 먹던 쑥떡은 최고의 맛이었다. 그때부터 난 사찰 음식에 관심을 많이 가지게 된 것 같다.

한참 지난 후에야 절에 도착했다. 그 절은 또 사람이 얼마나 많은지. 여기저기서 나를 불러 데서 짐 풀 시간도 없었다.

"행자님, 행자님!"

걸망을 멘 채 이리저리 불려 다니며 땀을 뻘뻘 흘리고 바쁘게 흘러간 시간. 총무 스님께서 그제야 내게 인사를 건네셨다.

"너였구나. 잘 왔다. 그런데 또릿또릿한 놈 하나 보낸다더니, 멍청한 놈 하나 보냈구만!"

세속에 살면서 한 번도 멍청하단 말은 들어본 적이 없었다.

"이놈! 너 아직 점심 공양도 못 했지? 멍청한 놈. 다 먹고 살려고 하는 것인데, 보살들이 시키는 일이나 하고…"

그러시더니 쩝쩝 입맛만 다시다가 사라지셨다. 배고픔이 밀려왔다. 나는 공양간에서 밥 한술 얻어먹으려고 기웃기웃하니 여기도 노보살님이 계셨다.

"행자님, 부처님께 먼저 절을 하시고 노스님께 삼배(三拜)하셔야 밥을 먹을 수 있어요,"

배고픈 생각만 하고 얼른 법당으로 들어가 각 단에 삼배하고 노스님을 찾았다. 노스님께서는 어디에도 안 계셨다.

"노보살님! 큰스님께서 안 보이시는데요?"

"행자님, 눈이 눈썹 밑에 달려서는… 하늘 한번 보세요!"

나는 하늘을 보는 순간 깜짝 놀랐다. 세상에, 저 높은 기와지붕 법당 위에 아주 자그마한 스님이 빗자루를 들고 쓸고 계셨다. 나는 소스라치게 놀라 외쳤다.

"스님! 왜 부처님 지붕 위에 계셔요!"

혹여 떨어지실까 마음이 조마조마하였다. 스님은 피식 웃으셨다.

"야, 이놈아. 네 발밑에 부처는 보이고 부처 위에 중은 안 보이냐?"

하시며 호탕하게 웃는 맑은 얼굴을 보았다.

나는 결심했다. '부처 위의 중이 되어야지!' 하며 얼른 사다리를 잡고 올라가려니, 다리 힘이 풀리고 온몸이 사시나무 떨듯이 덜덜 떨려 올라갈 수 없었다. 그렇게 자신만만하게 부처 위의 중이 된다더니, 몇 발 올라가지 못하고 숨도 크게 못 쉬면서 꼼짝 못 하고 사다리를 꼭 붙잡고만 있었다. 그때 내 머릿속에 문득 어젯밤 생각이 났다.

'아, 신기하다. 여기에 오니 관음암 노스님도 도사셨다. 사다리 타는 도사! 법당 위에 청소하시는 청소도사셨다. 내가 가는 곳마다 노

스님들은 모두 도사셨다. 도를 깨우치신 도사님 밑에서 살자. 겁 많은 중생으로 살지 말고!'

사다리를 내려오니 그냥 내려온 것이 아닌가. 땅바닥에 두 무릎 꿇은 채 법당 큰 노스님을 향해 배고픔을 면하기 위한 삼배를 올리고 공양간으로 가니, 공양간에는 그새 보살들이 다 가고 빈 그릇만 잔뜩 쌓여 있었다. 공양주 보살이 이 그릇 다 씻어 놓고 공양하라고 하신다.

'그래, 그렇게 밥 값하기 힘든데, 어디 한번 붙어보자!'

나는 오기가 생겨 한 양푼의 그릇을 다 씻어 놓고 공양하려는 찰나, 또 공양주 노보살님이 나를 부르신다.

"행자님~"

"행자님, 살림 살아봤소?"

"예, 살아봤습니다."

"밥해 먹어봤소?"

"예, 밥해 먹어봤습니다."

"밥 먹고 설거지도 해봤소?"

"예, 해봤습니다."

"행자님, 이 늙은이 눈에도 보이는 덜 씻은 그릇이, 눈 밝은 젊은 행자님 눈에는 보이지 않소?"

공양주 스님 손끝이 양푼의 그릇을 향하였다. 가만히 보니 정말 덜 씻었다. 배가 고파 빨리 씻고 밥 먹어야겠다는 생각밖에 없었던 것 같다. 다시 우물가에서 물을 길러 깨끗이 씻고 일어서려고 하니, 뭐가 스윽- 하고 끼어들었다. 내 눈앞에 누룽지가 보였다. 순간 어! 하고 배가 고파 헛것이 보이는 줄 알았다.

"힉!" 하고 돌아보니 파릇하게 금방 깎은 듯한 스님이 한 분 서 계셨다. 스님이라고 부르니 그 스님은 손사래를 쳤다.

"나 스님 아직 아니에요."

머리를 손으로 긁으며 자신을 소개했다.

"나 성이 오씨라 '오행자'라고 합니다. 행자님은?"

"아, 예. 나는 남행자입니다."

"잘 부탁합니다. 그리고 누룽지 잘 먹겠습니다."

누룽지를 받아 들자 오행자님은 자기를 따라오라고 하셨다. 나는 행자님의 손에 끌려 따라갔다.

절 옆에 동산이 있었다. 행자님은 왜 여기 오셨냐. 무엇을 하려고 스님이 되려고 하느냐. 속세에서 무엇을 했느냐. 고주알미주알 절집에서 처음 물어본 사람이다. 스님들은 아무도 묻지도 따지지도 않는데 말이다. 그렇게 대충 대충 대답하며 누룽지를 맛있게 먹고 절에 내려왔다. 큰스님도 지붕에서 내려오셨다. 절집 식구들이 내가 온 것을 환영이라도 하는 것처럼 안부를 물어오셨다.

"오늘 밥도 못 먹고 힘들었지?"

그중 총무 스님이 따뜻한 미소를 지으시며 나를 반기시며 말씀하셨다.

"밥 값하기 힘들었지? 세상에 공짜는 없어. 명심하고. 수행하든, 울력하든 밥값 해라. 그때부터 행자 생활 시작이다."

아침 예불 시간은 나에게는 정말 힘들고 가장 고통의 시간이었다. 눈꺼풀이 그렇게 무거울 수가 없었다. 그래서 아침이 올까 매일 밤이 정말 무섭기도 하였다. 그리고 하루하루 무엇이 공부인지는 모르지만, 오행자님을 열심히 따라다니는데 어느 날 주지스님께서 나를 부르셨다.

"남행자, 이제 조금 빠릿빠릿하니, 아침 예불 시간에 잘 동참하니 머리 깎자."

"예, 깎아 주십시오."

나는 얼른 머리를 내밀었다.

"중이 제 머리 못 깎는다는데, 너는 네가 말하는 도사님 밑에 수행자로 살고 싶다니, 머리를 깎아주마."

그 말뜻은 스승 없이 머리를 깎지 말라는 말씀이셨다. 그렇다 나는 스승이 두 분이나 계신다. 두 분 다 도사님. 한 분은 공양간의 불 도사님, 또 한 분은 법당 위 청소 도사님. 나는 날을 받아 삭발식을 하기로 했다.

삭발식 하는 날. 큰스님들의 염불 소리에 나의 머리카락은 흰 문종이 위에 한 움큼씩 뚝 뚝 떨어지는 것을 보고 생각했다.

'그래 나도 도를 깨달아야지. 머리만 깎으면 스님으로 행세할 수 있겠지. 주지스님 하시는 것처럼 큰소리로 보살들의 잘못된 점도 혼을 내시고 염불도 마음대로 크게 잘하겠지. 노스님처럼 매일 높은 곳에 서 있어도 무섭지 않겠지…'

여러 가지 생각 속에 나는 잠시 해탈했었다. 속이 시원했다. 삭발을 다 하고 법당을 나와 세면장에 갔다. 세면장에서 머리부터 발끝까지 모두 벗어놓고 깨끗이 씻으라고 하셨다. 나는 세숫비누를 찾아보니 세숫비누는 없고 커다란 누런 빨랫비누만 있었다. 할 수 없이 누런 빨랫비누를 온몸에 묻히고 깨끗이 씻고 거울을 쳐다봤다. 그 세면장의 거울은 몇백 년 된 것처럼 얼룩덜룩하여 내 모습이 잘 보이지 않았다.

대충 거울을 보고 승복을 입으니 어찌 그리 어색하고 불편하던지. 허리에 끈을 묶어도 내려오고, 발에는 행전을 묶어도 밟히고, 적삼은 한쪽으로 자꾸 벗겨지고… 생난리 난 것처럼 주섬주섬 몰아 입고 세면장을 나와 법당으로 향했다.

엉거주춤한 내 모습에 대중 스님들은 박장대소하며 웃으신다. 나는 부끄러워 어쩔 줄 모르는데, 이게 웬일인가, 바지가 그냥 핫바지처럼 흘러내려가는 것이 아닌가! 나는 그 자리에 꼼짝도 못 하고 어찌할 줄 몰랐다. 그때 주지스님께서 내 곁에 오셔서 허리를 접어서 허리끈을 꼭 매라고 하셨다.

'그래, 꽉 메자. 다시는 안 풀리게 하고, 돌아서서 꽉 잡아 묶고.'

큰스님, 주지스님, 행자님이 계시는 법당에 들려 의식대로 절을 하고 나니, 큰스님께서 한말씀하신다.

"너는 왜 삐딱하냐?"

나는 이 순간 얼마나 마음졸이며 숨도 크게 못 쉬고 공손하게 앉아 있는데, 첫 마디가 삐딱하다고 하신다. 모두 다 웃는 힘을 빌려 주지스님께 되물었다.

"스님! 제가 삐딱합니까?"

"너의 머리통 생긴 것이 삐딱하다!"

분명히 내가 세면장에서 본 모습은 깨끗하고 멋져 보였었다.

"다시 거울을 보거라. 삐딱한 너의 두상이 잘 살아가면 부처님 두상처럼 동그랗게 닮는다."

나는 삭발식이 끝나고 보살님께 부탁하여 거울을 보았다. 정말 내가 봐도 삐딱했다.

'정수리가 왜 삐딱하지?'

내 얼굴이 곱지는 않지만, 머리까지 삐딱할 줄은 몰랐다. 머리카락이 그렇게 중요했나 보다. 머리카락이 있을 때는 참 잘생겼다는 말을 들었는데도 말이다. 삐딱한 나의 민둥한 모습에 결심은 굳어졌다.

'그래, 이왕 이렇게 깎은 거 한번 번지르르하고 동글동글하게 부처

님처럼 아름다운 두상을 만들어야지. 정말 빛나는 비구니 스님으로 변화해 봐야지, 매일 거울을 봐야지.'

잘 살면 변한다고 도사님이 일러주었으니, 매일매일 보살님 방에 도둑고양이처럼 들려 거울을 보곤 했다.

그런데 석 달이 지나도 변하지 않았다. 처음 모습 그대로였다. 언제 바뀔까, 거울을 들여다보는 모습을 보살님에게 들켰다. 보살님은 나를 쳐다보면서 한말씀하셨다.

"행자님 머리가 이미 다 여물었는데, 기도 잘한다고 바뀌겠소? 거울만 쳐다보지 말고 수행이나 잘하세요."

'그래! 거울 쳐다보는 시간에 스님 심부름, 법당 청소, 사시마지 잘 올리자.'

그렇게 마음먹고 그 이후 행자 3년 1,000일 동안 거울 한 번도 보지 않았다. 매일 하루에 1,000배 절을 하면서 무릎은 다 터져 피가 맺히고 터진 무릎은 군살이 되었다. 새벽 3시 30분부터 그렇게 못 이기던 잠도 이기고 머릿속 망상 번뇌도 이겨냈다.

이제 난 새로운 이름이 주어졌다. '탄공'이라는 법명.

'확철대오(廓徹大悟)' 하라고, 연약한 비구니가 아닌 비구처럼 힘 있게 용맹정진하라고, 창공은 날아도 창공은 흔적이 없다시며 일체중생을 다 사랑하라고. 그렇게 부처님 법의 이름을 주셨다.

나는 계를 받고 탄공 스님으로 다시 태어났다. 탄공이라는 법명으로 평생 살겠다고 깊이깊이 새기며 살아온 지가 어언 30년 세월이 훌쩍 넘어버렸다. 내가 살아온 물질적인 것은 복덕의 한계가 있다는 큰스님의 가르침, 나 또한 생각한다. 복을 쓰면 없어지고 물질을 베푸는 것은 복이 된다고. 승려로 살며 베풀고 불사하는 공덕이 제일 크다고 하시며 법당 지붕 위를 일주일에 한 번씩 깨끗이 빗자루로 쓸어 내셨다.

이제는 법당 뒤편에 큰 고목의 낙엽이 자꾸 부처님 머리 위에 쌓인다고 하시며 청소하시던 노스님도, 토굴의 큰스님도 계시지 않는다. 부처님 나라로 가셨다. 세월이 지나 나는 상주시 외남면에 머물게 되었다. 작은 집 한 채에 작은 복도를 지나 방은 2개였다. 작은 방은 내가 사용하고 큰 방은 세 분 작은 부처님을 모시고 기도하며 살기로 했다.

그런데 아무래도 답답하였다. 자연과 함께 큰 절에서 살다가 작은 토굴에서 생활을 꾸려가려니 마음과 몸이 조금 답답했다. 답답한 나머지 공부를 시작했다.

멀리 외국으로 공부하러 가기로 마음먹을 즈음, 자용 스님과 인연이 되었다. 자용 스님은 속가에서부터 잘 알던 스님이라 토굴을 스님에게 맡기기로 하고 함께 토굴에 도착하였다. 스님과 이런저런 얘기를 하니 내일이 스님 생일이라는 걸 알게 되었다. 나는 준비한 게 없어서 내일 아침에 미역국이라도 끓여드리려 했지만 미역도 없었다. 시간이 늦어 잠을 청할 수밖에 없었다.

자용 스님의 생일은 음력 12월 22일, 제일 추울 때였다. 아침에 부랴부랴 일어나 보니, 토굴 앞 문지방까지 눈이 쌓여 있었다. 그래도 내가 몰고 다니는 차가 코란도이고 사륜구동이라 괜찮다고 판단하여 함께 시장에 가기로 했다.

큰 도로에 들어서서 몇 분 달리지 않았을 때, 앞에서 큰 화물차가 달려와 부딪칠 것 같아 갓길로 차를 틀어 브레이크를 꽉 밟으며 스님을 꼭 안는 순간 꽝! 소리와 함께 어마한 뒤에서 어마한 충격이 엄습했다. 큰 차가 나의 차를 밀어 버린 것이다.

정신을 차려 깨진 앞 유리를 털고 스님을 보니 겁에 질려 얼굴이 새파랗게 질려 있었다. 나는 얼른 툭툭 털고 내 몸은 보지 못하고 스님 챙기기 바빴다. 스님을 모시고 병원에 입원시켰다. 그 와중에 나는 계속 다리가 아팠지만, 그냥 부딪쳐서 타박상을 입은 줄로만 알고 신경을 쓰지 못했다. 며칠 치료를 받고 퇴원해도 자꾸만 다리가 부어오르는 것이다. 이상함을 감지하고 병원 MRI 사진을 찍으니 연골이 파손되었다고 한다.

물리치료를 받으며 사고 낸 청년이 합의하러 와서 만났다. 그 청년은 가정형편이 너무 어려워 참으로 불쌍하게 보였다. 사고 차를 그날 처음으로 운전한 날이라고 하며 벌벌 떠는 모습에 나는 큰스님의 법문을 생각했다.

'그래, 복 한번 지어 보자! 마음 한번 바꾸면 극락이라는데. 이러다가 낫겠지.'

좋은 마음으로 합의를 해주었다. 그런데 내 다리가 갈수록 낫지를 않아서 외국 유학도 포기한 채 스님과 함께 살면서 공부하기로 마음을 먹었다. 좋다는 파스와 좋다는 약을 지어 먹어도 통 낫지를 않았다.

일 년 후, 대구 영대 병원에서 다시 진찰받았다. 당장 수술하지 않으면 고통이 점점 더 심해진다는 진단이 나왔다. 참기 힘들 만큼 아픈 다리를 절면서 돌아와서 수술을 결심했다. 자용 스님은 죄인처럼 미안해하셨다. 자기 때문에 다쳤다고 하시면서 밤잠을 안 주무시며 내 다리를 주물러 주셨다. 통증이 조금씩 덜해지면 나는 그제야 소로시 잠에 들었다.

수술 날을 받은 날부터 수술하는 순간까지 나는 간절히 기도했다.

'부처님! 아무 곳에도 안 가고 이 토굴에 남아서 불사할 터이니 내

다리만 낫게 해주세요. 내 다리만 낫게 해주시면 평생 불사하며 부처님 전에 살겠습니다.'

부처님께 기도하며 약속했다.

다행히 수술이 잘 끝났다. 병상에 누워 다리를 올려 보니 무언가 둔한 것이 허리 밑으로 모두 감각이 없었다. 깜짝 놀라 발가락을 움직여 보아도 꼼짝도 않았다.

"이게 왜 안 움직이지? 의사 선생님이 수술 잘 되었다고 하셨는데 왜 발이 안 움직입니까?"

간호사에게 물으니, 환자는 지금 마취가 안 풀려서 그러니 한두 시간 지나면 걸을 수 있다고 했다. 안도의 숨을 내쉬며 기다렸다. 마취가 풀려서 잠깐 걸어보니 발이 가벼웠다. 기도를 들어주신 것 같았다.

'관세음보살님! 관세음보살님! 열심히 정진하며 불사하겠습니다.'

그렇게 감사하며 다짐 또 다짐했다.

퇴원 후에는 외남 절에 돌아왔다. 일주일 뒤에는 목발을 의지한 채 제법 잘 걸을 수 있었다. 이제 약속을 이행할 때가 되었다. 법당 불사를 결심하고 목수를 만나기로 하였다. 그렇게 목발을 의지한 채로 불사의 계획을 짜서 목발을 내려놓는 날부터 불사를 시작하였다. 작은 토굴을 밀어내고 법당, 요사채 등 자용 스님과 한평생 수행해야 할 도량이기에 체계적인 불사를 시작하였다.

정말 최선을 다하였는데, 그때까지도 내 마음 끝자락에는 불사한 절이 마음에 차지 않았는지, 자꾸자꾸 자연 속의 법당이 눈앞에 아른거렸다. 그렇게 아쉬움을 느끼는 찰나에 지인이 연원동 토굴이 하나 비어 있다며 쓰라고 하길래 바로 "예!" 답하고 달려갔다.

솔밭이었다. 정말 옛 토굴이었다. 불 때며 밥해 먹는 원시적 부엌이었다. 그곳에서 수리하고 살아볼 엄두가 나지 않았다. 풀은 내 키보다 훨씬 크고 벌 떼도 많고 정말 원시 그대로여서 새소리조차 처량하게 들렸다.

그러나 마음을 다잡았다. 이곳에서 다시 불사를 하자고. 우선 청소를 하고 풀을 베어내고 깨끗하게 하려는 차, 한 소녀가 토굴에 찾아와 인연이 되었는데 그 소녀가 바로 지금의 도림사 원주 법연 스님이다. 얼굴은 조그마한데 손을 보니 두툼했다. 불사하며 잘 살 것 같아 나랑 함께 살았으면 하고 살짝 물어보았다.

평생 큰 뜻을 품고 나랑 한번 살아보자고, 나 또한 절에 와서 강산이 몇 번 변해도 지금까지 후회한 적 없고 열심히 잘살고 있다고 하니, 스님 참 모습이 잘생기셨다고 한다. 불사를 해서 그런가 내 머리 삐딱한 것이 없어진 것이다. 지금은 동글동글하다. '얼굴은 동글하지만 삭발하면 삐딱할 수도 있을 거야' 속으로 생각하며 어린 행자님 마음을 떠보았다. 그러자 단박에 답이 온다.

"스님, 저도 출가하면 아무 사심 없이 잘 수행할 수 있을까요?"

"그럼! 할 수 있지. 할 수 있고말고."

나도 그때부터 천군만마를 얻은 것처럼 기분이 좋았다.

'부처님 감사합니다. 감사합니다. 더불어 서로 챙기며 법 상좌가 아닌 도반으로 평생 불사하며 잘살겠습니다.'

이렇게 어리고 예쁜 아이를 보내주시다니, 그저 감사했다. 아이의 해 맑은 눈동자에서 총기까지 느껴지니 몹시도 흥분되었다. 매일매일 부처님께 감사 인사드리며 절집 살림을 하나씩 가르쳤다. 그리고 그 무엇보다 항상 불사 공덕이 크다는 것을 알려주었다. 부처님이 설하신 경전을 말해주며 불사하면서 생기는 모든 일들을 초기 경전들을 통해 알려주었다. 무의미하고 쓸데없는 일들을 논하지 말며 뚜렷하고 확실한 근거를 가진 것이 아니면 믿지 말라고 가르쳤다.

나는 비록 볼품은 없어도 실천적인 성격이다. 언제나 실천적 입장에서 진리를 깨닫기 위해 부처님의 설법을 매일 매일 듣고 경전을 읽으며 깨닫기를 반복했다. 부처님은 인류의 최고 인간의 스승이요, 나와 너에게는 승려 노릇하며 살기에는 부처님 설법이 최고로 안성맞춤이었다.

새로 불가에 입문한 행자님 법명을 '법연'이라 지었다. 부처님 법을 깨닫게 하기 위해서다. 그리고 내가 아는 최선의 말들을 해주었다.

법연. 부처님과의 인연으로 평생 감사하며 살기 바란다.
부처님은 누구에게나 가르침을 베푼다. 현생의 괴로운 자나
마음의 슬픔을 안고 사는 자는 고통의 원인을 제거하고
문제를 해결할 수 있는 실천적 방법을 제시한다. 그리고 간혹
왜곡된 방법이나 미신적인 관습들에 대해서 비판할 수도
있다. 행자님은 현명하고 맑은 영혼을 가졌으니 잘못되고
왜곡된 것에 얽매이지 않고 굴하지도 않을 것이다.

그러나 문구를 글을 외우고 익히려 하지 말고, 의식을
행하지도 말고, 그저 스님들을 보고 부처님의 뜻이라
생각하고 따라왔으면 좋겠다. 지금은 뚜렷하고 확실한
근거를 가진 것이 아니지만, 이것을 하나의 부처님 법의
방편이 될 수도 있지 않을까 하는 내 생각이다.

부처님께서도 철학적인 사유는 정하시지 않을까? 나는
우리의 실천이 철학이라 생각한다. 이제껏 절집에 살아온 두
스님은 부처님의 법률을 지키며 살아온 스님들이니, 믿고

의지하면 좋겠다. 외면적으로 보이는 것이 다가 아니란다.
보이지 않는 속은 꽉 찬 스님이다. 지금 당장 말로 설명할
수도, 보여 줄 수 없으니 일단 같이 생활하며 느껴보려무나.
평생 불사하며 살아보면 알 것이다. 우리 스님들은 어떤
특수한 재능은 없지만, 어떤 믿지 못할 비밀도 없단다.
부처님 법을 실천하며 그 깊은 뜻을 가르침을 하나하나
깨달아보자. 그리고 편하게 서로 관찰하며 때가 되면 마음을
열어보자. 상호 신뢰할 수 있는 평생 도반으로 살아보자.
그러면서 서로 검증하고 행자님과 스님들의 능력이 더
나아지도록 긍정적인 방향으로 논쟁하며 살아보자. 그것이
승려들의 삶이 아닌가 싶다.

　경전에 나오는 부처님 설법 장소는 다르지만, 일 불제자로
절집에 산다는 것은 부처님 법 안에서 살아간다는 의미다.
출가 후, 이 절집에서 새롭게 태어나보자. 일상의 신행을
통해 자신을 맑고 청명하게 깨끗하게 다시 태어나보자.
지나온 과거는 과거일 뿐 그 또한 좋은 밑거름이 되며
잘못됨은 참회를 통해서 죄업을 반성하고 고쳐 나가는 것이
불교의 수행의 첫걸음이라 생각한다.

　바닷물이나 강물이나 서로 차별 없는 물이 듯이 서로의
취향과 생각은 다르지만, 우리 모두 부처님의 설법이 깃든
절집에서 모두 새롭게 태어나는 것 같다. 그러니 서로
이해하며 살아보는 것 아니겠니?

　바닷물이 짜면 강물을 타서 마시고, 강물이 싱거우면
바닷물을 섞어 희석하듯이, 그렇게 살면 새 사람으로 또
승려로 태어날 수 있다. 오염된 항아리에도 맑은 물을

자꾸자꾸 조금씩 부으면 깨끗하게 정화되듯이, 서로의
항아리를 감로수로 채워 정화하듯 살아보자.

출가 마음 다짐했으니 여러 가지 고행을 경험하겠지만
불사하면서 자아를 발견하자. 때로는 살면서 반발심도 생길
것이다. 나도 그랬으니, 너라고 그렇지 않겠는가.

호사를 누리려고 출가하는 것이 아닌 만큼 승가의 계율을
지켜가며 서로 경각심을 일깨우며 살아보자. 출가해 보면
알게 될 거야. 모든 게 상상 초월하여 쾌락이나 고행이나
어느 한쪽에 치우치지 않는 삶을 피부로 느끼며 자연스레
깨닫게 될 거야.

불교의 깨달음은 과학적이고 합리적이다. 일체 차별
없이 누구나 평등하게 깨달을 수 있다. 이 점에서 불교가
세계적인 종교라고 생각한다. 우리 모두 부처가 될 수
있도록 노력하며 살아보자. 절집 도량에 꽃이 만발해도
민둥한 머리에 꽂을 수 없으니 부처님 전에 꽃 올리고 우리도
승려로서 탄생한 것을 축하하자. 천상천하 유아독존은
못되지만, 삭발한 깨끗한 너의 몸, 두상은 범상치 않다.
첫눈에 너를 알아보고 바로 본 스님들이 정말 현명한
선택이었다고 나중에 수년 세월이 흘러 서로에게 칭찬하면
좋겠다. 그렇게 우리 함께 건강하게 수행 정진하며 살았으면
한다.

불사를 하다 보면 물질적 혹은 육체적 유혹에 동요되는
일이 많을 것이다. 생로병사를 초월하는 길을 알고자 구도의
길에 들어선 승려들이니, 무소유를 최고의 덕목이라 여기고
어떠한 집착도 없도록 신심을 깊이 수행해야 한다.

지금은 네가 지혜로 향하는 것도 아니요, 깨달음으로 향하는 것도 아니다. 스승을 찾아다녔다고 하니 너를 당장 해탈의 길로 인도할 수도 없다. 어쨌든 좋은 스승 찾는 일을 그만두고 지금 여기 이곳에서 수행하기로 결정했으니, 여기가 경지라 생각하고 무념무상 하여라. 불사를 평생 할 수 있다는 정신으로 통일된다면 곧 경지에 도달할 것이다. 물론 그 길은 어렵고 고되다.

여름에는 폭염과 뜨거운 태양이 스님들 얼굴과 몸을 새까맣게 태울 것이며, 겨울에는 살얼음이 손등 발등에 번질번질 끼어 사지가 마비되듯 추울 것이다. 그러나 불평 한 번 내지 않고 서로서로 의지해서 살아보자. 그리고 혼자 입으로 염불하며 이겨보자.

세 스님이 뭉치면 분명 불교의 한 획을 그을 수 있는 불사를 할 것 같지 않니?

비록 몸뚱어리밖에 없지만, 서로 믿고 의지하며 해 보는 것이다. 그것이 우리의 임무요, 수행 방법이니 말이다. 그래도 알몸으로 출가하여 헐렁한 바지 적삼은 걸쳐 입을 수 있으니 참으로 남는 장사 아닌가 말이다. 비록 지금은 작고 작은 토굴에서 시작하였지만, 오늘날은 넓은 밭을 아우르는 옛 절집에 앉아서 함께 불사를 구상하는 도반 스님들이 있으니 무엇이 부러우랴.

파란 하늘과 하얀 구름, 하얗게 둥근 것은 둥글고 흩어진 건 사라지니, 형체 없다고 고함칠 순 없지 않겠는가. 모가 나면 모난 대로 살아보자. 세 스님 마음 결집하여 불사하고 처음 낸 초심 변치 말자는 의지, 나이 들어 불사하지 말고 한 살이라도 젊어서 불사해 보자는 생각은 세 스님이 모두 같단다. 너도 우리와 함께 용맹정진하자.

그렇게 굳게 약속하며 도림사라는 옛날절터에 와서 대작 불사를 시작했다. 황폐한 사적지에서 불사한다는 생각이 참으로 꿈만 같지만, 꿈만 꾸는 불사는 아니지 않는가. 불사하는 사찰 스님들께 듣고 보고 배우기만 해서는 평생 실천 한 번 못 할 것 같아 무작정 첫 삽을 뜨기 시작했다.

불사 시작과 동시에 빈터만 남은 곳에는 웬 항아리가 그렇게 많은지, 치우려 하니 감히 만질 수 없을 만큼 오래된 항아리들. 아까워 닦다 보니 너무나 예쁘고 반들반들했다. 항아리에 남은 된장 간장 아까워 모아보니, 이것을 장류의 씨앗으로, 종균(種菌)으로 쓰면 될 것 같았다. 세 스님 모두 '바로 이것이다!'라고 생각했다. 그때부터 서로서로 소임을 짜서 삽자루를 치워버리고 항아리 뚜껑부터 잡기로 했다.

도림사 앞에는 와불산이 있다. 공기가 따뜻하고 여름에는 시원한 바람이 불어주니 여기가 장류로 불사할 명당 중 명당이 따로 없다. 서로 충돌 없이 장을 담기 시작했다. 힘들고 험한 일이지만 상대방을 서로 상처 주지 않고 서로 힘을 보태며 장류 사업을 등록했다. 그리고 불사금을 모으기 시작했다.

첫 상표를 달던 날, 세 스님은 출가할 때처럼 설레고 행복했다. 무수한 가람을 수없이 설계하고 짓고 부수며 차근차근 하나씩 준비했다. 그리고 첫 판매를 시작했다.

지난 10년 세월, 많은 우여곡절 끝에 불교의 연꽃은 진흙 속에 피듯이, 힘들지 않으면 깨달음의 불사를 할 수 없다는 것은 알고 시작했다. 신심이 강한 세 스님의 의지로 지금은 부족함 없이 서로의 단점을 보완하고 승화시키며 행복하게 기도하며 살아간다.

스님들이 추구하는 삶을 살아가면서 항상 부처님이 주신 선물 대웅보전 앞에 서서 '지금 여기가 극락입니다' 감사기도를 드린다. 스님들 마음 마음이 하늘도 만들고 땅도 만들고 극락도 만들고 지옥도 만들지만, 우리 세 스님 모두 큰 선물 대웅전 불사 역사박물관 등 큰 불사 완공 선물 받았으니, 같은 생각일 것이다.

극락은 생전에 덕을 쌓고 죽어야 갈 수 있는 세상이다. 하지만 우리 생전에도 작은 극락은 일구어낼 수 있다. 부처님이 세 스님에게 극락 문 열어 주셨으니 더욱더 정진 또 정진하련다. 숨 쉬는 날까지 부처님 법을 실천하고 서로 나누며 주위를 돌보며 경솔함 없이 살겠노라고 매일 다짐한다. 불교를 상징하는 연꽃도 높은 산에서 피지 않듯이 낮은 곳에 임하며 항상 겸손한 출가자로 살아야 한다. 재물 공양에 법을 베푸는 어리석은 승려로 살지 않겠다는 순수한 정신과 원리 지키며 출가 사문 집단에서 벗어나지 않을 것을 오늘도 다짐한다.

이 짧은 글 속에 그 내용을 다 담을 수 없는 사연도 많다. 아쉬운 마음, 중생심에서 느끼고 깨닫는다. 소승은 사후 다시 태어나도 불사하며 승려로 살 것이다. 진흙탕에 물들지 않는 연꽃처럼 수행하거나, 불사의 혹독한 육체노동이 아니고서야 어찌 깨달음의 채움과 비움을 알겠는가. 그것은 육신과 정신 속에서 쓰면 쓸수록 오히려 가득 차는 보물과 같다. 불사 수행이 나에게는 아직 중생심이라 정진 수행 터전에서 매일 눈앞에 마주하는 수행을 하고 있다.

불사를 시작하면 돌아설 수 없다. 힘겨워도 후퇴할 순 없지 않은

가. 내가 승려 생활과 수행을 선택한 것도 오직 전진뿐이었기 때문이다. 상상만 해도 좋은 곳이 바로 절집 아니던가.

도량에서나 공양간에서 수각에서 누구나 처음 보는 신도들도 서로 합장하고 반배하여 "성불하십시오" 하는 불자님들의 그 진심이 얼마나 바라던 일인가. 불자들의 신행 생활을 불편함 없이 돕는 것도 내가 해야 할 수행이다.

불자님들과 스님들 모두 한곳에 모이는 법당. 그 안에서 비가 오나 눈이 오나 기도하며 절하는 모습을 그리며 얼마나 행복하게 불사 수행하겠는가. 향과 촛불의 향연 그리고 일체의 열기 가득히 품어내며 절을 하는 행복한 절집의 풍경을 말이다.

훗날 불사 완공 후, 팔다리가 통증이 점점 심해 아이구 아이구 곡소리로 염불 가락 타는 늙은 노승이 되어 젊은 신도들 사이, 그 대열에 동참하여 기도드리는 것이 나의 큰 바람 아니던가. 그래, 늙으면 어떤가. 내 젊은 청춘 다 바친들 아깝지 않다. 구부러지면 꺾을 절, 굽힐 절이니 말이다. 꺾어지고 굽어지면 절한다. 절하는 것으로 알면 되지, 나는 지금 국보급 사찰을 불사하는 것이 아니다. 그저 나는 복이 많아 명이 길어 불사 한 번 하고 또 시작하는구나. 명이 짧았으면 한 번만 했을 것을, 명이 길고 복이 많아 두 번을 불사하니 그저 이 노승 감사하네.

같이 불사한 자용 스님, 탄공 스님, 법연 스님께.

나무 관세음보살.

토굴

소나무 숲사이로 보이는 작은 토담집.
다람쥐 노닐다 도토리 물고 쪼르르 다가와
대굴대굴 도토리 모아두는 보금자리 토굴.
밤새 일렁이는 큰 파도를 몰아오듯
싹- 싹- 토담 사이로 스며드는 솔바람.
가슴 열고 긴 숨 들이쉬면 숙면하던 토담집
울타리에는 빨간 망개나무 열매
몽실몽실 영글어 반짝반짝 빛나는 가을이다.
눈을 감으면 생각나는 토굴
토굴까지 걸어가려면 조금은 숨이 가쁘지만,
커다란 장성처럼 선 나무에
숨찬 몸을 내맡기고 쉰다.
휴- 숨을 내뱉으면 시원한 소나무 향기
가슴 가득 품어 주던 토굴이 그립다.
지금쯤 늘어진 솔잎에 맺힌 이슬,
풀벌레 소리가 선명하구나.

오늘도 좋은 날

우리 인간은 인연 관계 속에 살 듯이 세상 인연 다 맺은 것처럼 모두 입이 앞서 있다.

그 꼬라지 보기 싫어 절집에 갇혀있다.

이제는 외톨이가 된 것처럼 내가 만든 울타리에 갇혀버렸다.

작게만 보이는 세상. 크게 보는 시야. 자꾸만 작아지는 나의 중심 세계에서 온갖 설계를 다 꾸미지만, 영원히 충족시킬 수 없는 것이 자기 마음 아니던가.

오늘같이 비가 오면 날씨가 나쁘다, 비가 그치면 날씨가 좋다고 난리다.

계속 비가 오면 홍수라고 난리, 계속 해만 나면 가뭄이라고 난리다.

우주 대천세계가 어디 내 마음대로 되나. 우주에서 보면 소나기, 태풍, 홍수, 가뭄 등 모두 자연의 현상일뿐인데 나의 시각으로 마음으로 세상 우주를 재단할 수도 없는 것을.

이왕이면 매일 매일 좋은 날, 아주 좋은 날로 지내자.

어찌 내가 원한다고 오늘 비가 오지 않겠는가.

가을비 맞으며 좋은 느낌 속에 미묘하게 느끼는 가을.

계절을 피부로 느끼며 그대로 우두커니 그 자리에 앉아 있어도 흐르는 시간을 잡을 수 없네.

가만히 앉아 있는 시간이 행복하다면 지금 이 순간에 '참 나'를 찾아 선에 잠겨보려네.

세월은 유수같이 흐르지만 지금 순간이 좋은 시간이면 좋은 날이
겠지.

비 오는 날도 좋은 날이니 좋은 자리에 앉아 참선 한번 해 보려네.

가을비 오는 좋은 날, 처마 밑에 앉아서.

가사(袈裟) 장삼(長衫) 수(垂)하고

살다 보면 누구나 외로울 때도,
슬플 때도, 즐거울 때도 있지.
그래도 우리 불자님들은 행복하다네.
새벽마다 기도하는 스님들이 있으니 힘내시게.
지금 어려운 시국 만난 것을 다행이라 생각하시게.
자식한테 대물림 안 하면 되는 것을 다행이라 생각하시게.
도림사 대중 스님들의 염불기도 소리
귀에 담고 마음에 담아 위안 삼으시게.
새벽어둠의 정적을 벗 삼은 대중 스님들은
가사(袈裟) 장삼(長衫) 수(垂)하고*
당신들이 벗어놓고 간 고된 짐과 업보를 대신 지고
법당 금강계단 오른다네. 천년을 그렇게 해왔듯이
오색 빛 단청 고풍스런 풍광도 희미한 새벽 시간 등불 밝힌다네.
밤새 머물고 있던 어둠 밝히며 산새도 잠든 이른 새벽,
만물을 깨우는 도량석 목탁 잔잔히 울려 퍼지게 한다네.
잠자는 모든 만물도 당신을 위해 스님들과 밤새 묵은 목청 가다듬고

* '가사와 장삼을 입고'라는 뜻. 스님들이 의식 때 갖추어 입는 옷으로 '법의(法衣)', '법복(法服)'이라고도 한다. '가사'는 부처님이 인도 등의 더운 곳에서 수행하는 이들을 위해 만드셨고, '장삼'은 추운 곳에서 수행하는 이들이 입도록 길고 넓게 만들어 그 위에 가사를 덧입도록 만드셨다. 일반적으로 파랑, 노랑, 빨강, 하양, 검정 다섯 가지 색으로 만든다.

염불 삼매에 동참하니, 모든 고통 번뇌 다 녹아내린다네.
청아한 목탁 소리 산사의 깊은 정적을 깨운다네.
밝디밝은 부처님 자비 광명이
당신을 위해 비춘다네.

너를 위한 간절한 기도

메마른 세상 속 승려로 살아온 삶에
너라는 아이가 태어나
세상과 공존하는 방법을 배운단다.
너라는 아이는 스님들의 눈과 가슴속에
높은 태산처럼 깊은 샘물처럼 솟구치며
새로운 삶의 시작이 되었다.
승려의 잔잔한 마음, 다 한순간에
물에 쓸려 도적 당하듯 없어지고
충만한 삶을 맛본단다.
어제까지 산기슭에서 들리는
새와 바람과 눈비에 풍경이 젖는 소리
새털 같은 흰 구름에 조용히 실어 보냈지만,
지금은 사랑하는 네가 태어나 내 마음을 너에게 보낸다.
스님들 품에 와줘서 감사하다.
오늘도 너를 위해 간절히 기도한다.

매일 똥 싸는 홍인이

매일매일 오욕을 쏟아내기 바쁜 홍인이.
학교 가기 전 매일 인상을 찡그리며
똥 싸고 오줌 싸고 비우기 바쁘다.
삼라만상 모든 것 내가 먹었으니
본래의 자리로 되돌리려 애를 쓰는 아이.
시원하게 버리고 간다는 아이.
학교 가서 버리면 되지, 바쁘다면서 절집에 버리느냐 물으니
학교 가서 공부 담아 오기 바쁘다 한다.
홍인이의 하루 일상의 즐거움은 비우는 것부터 배운 아이.
근심, 욕심, 오욕의 악색(惡色)을 모두 씻어 버리는 아이.
내가 만든 오욕, 본래의 자리 절집인 것을 아는 아이.
옳거니! 너에게 한 수 배웠구나!
스승의 가르침을 담으려고 비우는 것을
못 된 번뇌 근심 욕심 다 절집에 버린다는 것을
너에게 크게 한 수 배웠구나.
홍인이 몸속에 참다운 마음, 참다운 지혜
가득 넣고 돌아와 오욕은 절집에 버리렴.

홍시 따는 동네 할아버지

앙상한 가지만 남은 감나무 밑에 동네 할아버지
아침 한나절 서성이며 하늘만 쳐다보다 안 되겠는지
긴 장대 끌고 와 간신히 세워 이리저리 흔들며 감 따본다.
높이 멀리 빠알갛게 달린 감은 한들거리는 가을바람에 흔들린다.
바람 부는 핑계 삼아 장대에 닿을 듯 말 듯 휘어지며
금방이라도 떨어질 것처럼 굴며 할아버지를 놀리는 것 같다.
굽은 허리 쭉 펴보고 까치발도 들어보고 온몸을 총동원하지만
감은 떨어질 생각 없어 보인다.
그때 어디서 까치가 날아와
자기 달콤한 겨울 간식 할아버지께 빼앗길라 잽싸게 툭! 치자
뚝! 하고 뚝방으로 감 떨어지니, 할아버지 급하다.
엉금엉금 엉덩방아 찧고 엎어지고 미끄러지면서
다 터진 홍시 하나 주워 이빨 하나 없는 잇몸으로
천진난만한 아기처럼 빙그레 웃으시며 중얼중얼하신다.
까치가 자식보다 낫다. 아직은 까치 너보다 내가 빠르지.
마음은 젊음을 과시하신 할아버지.
박수 치는 건너편 스님들.
할아버지, 오늘 하루 소원 이루셨으니
부디 만수무강하소서.

길냥이

오늘은 햇살이 겨울을 잠시 잊었나, 몹시도 따뜻하다.

추운 겨울 날씨에 찾아온 길냥이, 땅바닥 누워 팔자 좋게 잔다.

잠깐 나온 햇살도 어느 한 곳만 비추지 않으니 다행이다마는.

자다 깨면, 우리 홍인이처럼 너무 속상해하지 말아라.

겨울이 바람까지 몰고 왔다고 너무 속상해하지 말아라.

바람도 겨울이 너무 추워서 따뜻한 햇볕 찾아와 줄 거야.

그러니 겨울은 잠시만 머물다 갈 거야.

때가 되면 따뜻한 봄, 이곳에 올 거야.

벚꽃 가득한 도량에서 법당 염불 소리

자장가로 들으며 그때 실컷 자렴.

나도 간밤에 너무 추워 못 잔 잠

그때 푹 자려고 기다린단다.

너는 그래도 털옷 입고 있지

나는 누더기뿐이란다.

그러니 너무 춥다 원망 말거라.

오늘은 최고 요리사

큰 쇳덩이 가마솥에 장작불 지펴놓고 새까만 바닥에 들기름 반질 반질 칠하고 물 끓이는 한 스님. 또 다른 두 스님, 호흡 잘 맞추려 염불하며 맷돌 돌린다. 조금씩 살살 돌리다 보면, 하얀 콩 국물이 맷돌을 감싸 안는다. 하루를 불려도 노란색이었는데, 맷돌에 갈기 시작하니 눈송이처럼 펑펑 흰색으로 흘러내린다.

순두부는 우리 스님들이 겨울이면 즐겨 먹는 음식이다. 따끈따끈 구수하고 고소한 맛. 가슴까지 따뜻한 맛. 올겨울 처음으로 누려보는 여유의 맛. 어떻게 이런 맛이… 예술이다!

가마솥, 맷돌, 콩의 만남은 그야말로 음식 철학이다. 옛 우리 조상님들의 재능과 지혜에 감탄한다. 한 가지 재료로 이렇게 놀랍고 다양한 음식 만들 수 있으니.

우리 절집 스님들의 겨울 보약 먹는 날. 즐거워하는 모습 상상만해도 정겹고 행복한 날이다.

지금 아무리 경기가 좋지 않다지만, 한걸음에 산길을 올라오는 불자님들, 뜨끈뜨끈한 순두부 한 사발에 모든 시름 다 잊고 서로 웃음 꽃 피운다. 스님들도 덩달아 솜씨 자랑 멋지게 하며 덕담도 나눈다.

순두부는 소박한 음식이지만, 불자님들은 스님들의 손맛에 마법이라도 걸린 것처럼 맛있다고, 최고의 요리라고 평한다. 새들의 노랫소리, 바람이 치는 풍경소리 들리는 숲속 절집에서 먹는 순두부 맛은 상상 초월일 수밖에 없을 것이다.

하지만 어찌 스님들의 손맛이 전부라고 할 수 있겠는가. 그저 스님들은 콩 갈아 두부 만든 것일 뿐, 자연이 준 맛이 역할이 더 크다.

최고의 요리사 우리 스님들, 힘들었던 콩 갈기 모두 잊고 부처님 전에 따끈따끈한 두부 올려놓고 큰절 올린다.

최고의 요리사라니… 부끄러워 피식 웃는다.

행복해서 한 번 더 빙긋 웃는다.

낮인지 밤인지

나 혼자 들락거리는 작은 쪽문 하나 남겨놓고
문이란 문틈 사이 모두 틀어막았다.
햇살조차 얼씬 할 수 없을 만큼
온 흙집을 뺑뺑 돌며 비닐치고 문종이도 바르고 나니
완벽한 밤의 절집이 되었다. 낮인지 밤인지 모르겠다.
겨울아, 너는 어디에서 와서
나를 온 여름 개 떨듯 떨게 하니.
바늘구멍으로 황소바람 들어온다는
옛 어른들 이야기가 실감 난다.
겨울 추위도 춥긴 추운가 보다.
네가 못 들어오게 꽁꽁 싸매어 놓아도
나보다 먼저 들어와 있구나.
따뜻하게 군불 지펴 방 데워 놓은 깜깜한 방에
나보다 먼저 들어와 온통 싸늘하게 식힌 것 보니
너를 미워할 수밖에 없어.
겨울 준비 바쁘게 한 것이 헛수고했네.
고뿔도 겨울과 절친한 친구이니
스님에게 소개하기 전에 걸망 지고
따뜻한 방 찾아 올겨울도 헤매는구나.

도림사 쌍용을 보셨나요

* * *

산사를 적시는 운무, 내 마음 벅차 법당문 연다.

운무 낀 법당을 보며 신선인 양 하늘을 나는 기분이다.

도림사 법당 대들보가 쌍용(雙龍)이시다. 두 눈을 부릅뜨고

이 신선이 날아갈까, 지켜보고 있다.

이 신선은 날아도 날지 못하는 날개 없는 승려랍니다.

쌍용님은 부처님 전에 여의주 맡기며 먼 여정 접어두고

승천이 빠른 법당을 선택하시었소? 나도 그렇소이다.

화려한 세상 버리고 성불이 빠른 부처님 성전에 산다오.

이렇게 운무 낀 날, 잘 들어보소. 아무것도 보이지 않지만,

법당 추녀 끝 풍경(風磬)이 댕그랑댕그랑 소리 내니

바람님이 운무님 모시러 온 것 같소만.

풍경 소리에 귀 씻고 눈 씻고 나면

밝은 태양이 보일 것인데, 쌍용님 좋으시죠?

소승은 좋습니다. 쌍용님이 매일 대웅보전을 지켜주시니

이 승려도 좋아 매일매일 절로 엎드립니다.

작은 등불 밝혀 편히 부처님과 쌍용님 벗이 되어

이런저런 담소 나누시라 매일 등불 밝힙니다.

오늘은 소승도 벗이 되어 새벽녘 촛불

그림자로 사라질 때까지

함께하려 합니다.

오늘도 너에게 배운다

관음전 주변의 풍광은 이루 말할 수 없을 만큼 아름답다.
햇살이 나면 비취빛 꽃잎 갈라진 바위틈 사이 자리 잡고
피어나는 쪽빛 꽃잎.
산골스님은 마음을 표현할 줄 몰라
매일 중얼거리며 염불한다. 예쁜 꽃 아름다운 꽃 오래오래
피어 있으라 한다. 내일이면 지고 또 피는 꽃은
산골스님 마음 사로잡는다.
한 송이 꺾어 부처님 전에 올리고 싶지만
내일이면 지는 너를 어찌 꺾으랴.
내일 또 피면 부처님 전에 마음의 눈으로 담아 전해줄게.
산골스님은 오늘 피고 내일지는 쪽빛 꽃 너보다 못하구나.
이 스님은 오늘 일어난 번뇌 망상 비우고
또 비우려 하지만 긴 한숨 끝에 매달려
다시 깊이 삼킨단다. 그윽한 너의 향기
알싸한 쪽빛 꽃의 향기, 그 향기로 번뇌 망상 버리고
가슴 깊이 알싸한 향기 가슴에 한 아름 채우며
오늘도 너에게 크게 한 수 배운다.
내일 또 보자.

올해도 배꽃이 피었어요

법연 스님 절집에 입문 기도하며
생애 처음으로 삭발하던 날,
배꽃이 만발하여 오동통 하얀 꽃밭에
볼이 불그스레하고 머리는 파르스레하며
하얀 배꽃 같은 행자님.
삭발 기념하게 예쁜 사진 한 장 남겨라.
나중에 중물 익어지면 그때 보거라.
하시며 큰스님이 직접 사진 찍어주셨다.
삭발하니 배꽃인지 행자님인지 구분 안 된다니
배꽃보다 더 하얀 행자님 미소.
배꽃은 순백하고 담백하다지요.
버들강아지 솜털 날릴 때 배꽃 잎도 함께 실어 실어와
포행하는 스님들 머리 위에 꽃비를 뿌리던 날,
눈부시게 흰 배꽃 송이마다 붉은 점 배꼽에 달고
절집 주변의 대나무숲에 날려와도
꽃 색은 본래대로 희구나.
법연 행자님도 맑고 청명하게 하얀 마음으로
우리 스님들이랑 같이 평생 수행하며 살자꾸나.
함께하는 식구를 인도한 부처님께
감사 큰절 올립니다.

어느새 주지가 되었구나

법연 스님 나이 50이 넘도록 잘 참고 인욕바라밀 하며
대작 불사 마다않고 절집 살림살이 사느라 고생 많았다.
배꽃 같은 20대를 절집에서 보내고
이제는 어엿한 주지스님이 되었구나.
참어른 스님 시봉(侍奉)하느라 고생 많았다.
행자 때 배꽃이 아무리 예뻐도 너만큼 예쁠까.
고맙다, 잘살아 줘서. 이제는 맏상좌스님 덕분에
이렇게 웅장한 대웅전에서 염불하며 기도하니 무얼 더 바랄까.
덕분에 부끄럽지 않게 자급자족하며 큰 대작 불사할 수 있었다.
고맙다, 잘살아 줘서. 네가 처음 머리 깎던 날 너를 알아보았단다.
나중에 큰스님이 될 것이라고. 해마다 배꽃 피는 계절이 되면
배꽃 안고 사진 찍으며 깔깔대며 뛰어다니던 그 시절,
삭발하고 그렇게 좋아하던 20대 초반, 희디흰 네 모습이 생각난다.
지금껏 잘 수행해서 배꽃처럼 순결하게 빛나는 너의 마음과 얼굴,
꽃 중의 꽃을 피우니 너만의 아름다운 꽃밭이 된 거야.
처음부터 꽃길을 걸었을까? 주어진 꽃길만 걸었을까?
아니다. 부처님 모시는 너 자신이 바로 너의 꽃길이다.
앞으로도 부처님 도량에서 꽃길만 걸으며 수행하렴.
주지스님으로 임명된 것을 축하한다.

—은사스님 탄공

봉황이 법당에

· · ·

추녀 끝에 둥지 틀고 날아가지 않는 봉황이 부처님 성전을 기둥마다 받쳐주고 있다. 지붕을 받치는 무게 대단할 텐데, 편안히 앉아 있는 봉황의 아름다운 자태는 두 눈을 의심케 한다.

예로부터 봉황은 상스러운 새라 하여 절집이나 사바세계(娑婆世界)*에서 부귀영화, 즉 태평성대 성인이 계신 곳을 상징한다. 또한 임금님이 계시는 궁궐의 상징이기도 하여 지금도 청와대의 문장으로 사용한다.

대웅보전에 봉황새 목(木)조각을 오색 단청하여 다포를 올린 절을 지은 것은 조금 생소하리라. 하지만 도림사는 공부하던 옛 선비들이 부처님 성전에 과거급제 소원성취기도 하던 절이다. 급제한 선비가 머리에 봉황 관을 쓰고 금의환향하던 절이니 간절히 기도하면 성인 중의 성인이 탄생하였다. 지금도 많은 학자분이 오셔서 기운을 받으시고 봉황을 보며 감탄하신다.

이런 명당자리에 부처님 성전인 대웅보전 법궁을 지으니, 봉황이 날아가다 기꺼이 목재 속에 재탄생하여 여법(如法)**하게 자리잡았다. 도림사 법당 뒤에는 백원산이 있다. 산 정상 가까이에는 '봉황대(鳳凰臺)'라 하여 많은 봉황이 날아와 노닐다 옛 법당 위를 수없이 빙빙 돌

---

* 석가모니여래(如來)의 법에 맞음.
** 중생이 갖가지 고통을 참고 견뎌야 하는 이 세상을 뜻함.

며 성인들이 계신 곳을 에워쌌다는 전설이 있다. 그만큼 아름답다고 정평이 났다. 봉황이 먹던 물탕골 물도 도림사 수각으로 흘러 내려와 부처님 청수로 올린다.

지금은 구전으로 내려오지만, 과거 고려시대 역사를 증명하듯 한양 옛길 서당 도림사의 청동 유물, 그 시대를 증명하는 유적이다. 봉황이 노닐다 갈 만큼 따뜻한 물탕골 물이 도림사 양쪽으로 휘감아 내려간다.

죽어서 만나기는 어렵고 꿈에서 만나기는 바라지 말고,

오로지 살아서 볼 수 있는 곳이 도림사 법당이다.

항상 부처님 성전을 봉황이 기둥마다 받들고 계시니

성전에서 기도 다운 기도, 절실한 기도 하시어

세세생생(世世生生) 소원성취하십시오.

간절한 기도 덕분에 저희 스님들도 옛 사찰 빈터에

역사의 한 획 남긴 대작 불사, 역사박물관 문화재로

증명하였습니다.

우리 불자님들도 '그냥 되겠지' 하는 막연한 기도

하지 말고

진정을 담아 기도하십시오. 저 푸른 하늘 높은 곳에

봉황이 날아다니는데, 땅 위의 중생들이 어찌 눈에

띄겠습니까.

117

불자님들 앞마당에 높은 오동나무가 있으면
가지 끝에 봉황새가 날아 오기를 기다리지 마시고,
도림사를 방문하여 부처님 참배하시고 밖으로 나와 보고
가시길.
추녀 기둥마다 화려하고 우아하고 아름답게 봉황이
장식이 된 법당입니다.
봉황이 둥지를 튼 도림사에서 간절하게 기도하여
소원성취하시길!
도림사 대중 스님들 합장합니다.

오동나무

봄의 끝자락에 오동나무 보랏빛 꽃 피우니

좋은 봄은 다 가고 여름이 온다고 알려주는구나.

더위에 지친 우리 스님들 민둥머리 위에 모자처럼

오동잎 하나 덮어쓰고는 좋다고 흥얼흥얼 염불하며

장독대로 가는 계절이구나.

명품 모자 부럽지 않다. 머리에 쓰고 온

커다란 벽오동 나뭇잎을 가장 큰 장독대

햇된장 위에 덮어놓고 또 중얼중얼 염불한다.

고온다습한 여름철, 예로부터 벽오동 나뭇잎을 덮어두면

다른 어떤 잡균이 침범할 수 없다 하여 덮어둔다.

벽오동 나뭇잎이 떨어지며 가을이 온다고 알리지만

가을은 짧다는 것도 알려준다.

천하를 붉게 물들이는 아름다운 계절,

떨어지는 낙엽에 곧 겨울이 온다는 메시지를 남기며

가장 먼저 계절을 알려주는 고마운 나무다.

잎이 다 지면 푸른색으로 청정함을 보여주니

더욱더 청명하게 수행 정진하리라

하며 또 한 수 배웁니다.

목단꽃 법당

· · ·

가지각색 꽃은 많기도 하여라!
그런데 왜 대웅보전 추녀 밑에는 다포 대신
스님들이 직접 목재에 목단꽃을 깎아 절을 지었을까?
어째서 위아래 마주 보는 아름다운 목단꽃 조각으로 만들었을까?

위에는 흰 꽃으로 장식하고 아래에는 노란 꽃으로 장식한 신비의
세계. 꽃으로 장엄하게 부처님에게 공양 올리려 불사하게 된 동기는
옛 고려시대로 거슬러 올라간다. 그 시대 유물은 문화재로 지정되고
보존되어 청동 유물 전시관에 있다. 그 시대에 부와 명예와 행운을 자
손만대의 태평성대를 기원하며 목단꽃을 부처님께 올렸다고 한다. 또
궁궐을 지으면 궁궐 뜰에 목단꽃이 만발하게 피었다고 한다. 그만큼
귀하고 아름답고 영험한 꽃으로 칭송받았다.
목단꽃은 현존하는 최초의 경기체가(景幾體歌)이자 신진사대부들
의 기개와 풍류를 읊은 〈한림별곡(翰林別曲)〉에도 등장한다. 특히 꽃
을 중심 주제로 지어진 5장 첫머리에 등장하며 수많은 꽃이 핀 화원
에서도 그 아름다움을 대표한다.

분홍목단, 흰목단, 진분홍목단
분홍작약, 흰작약, 진분홍작약

석류매화, 노랑장미 자색장미, 지지꽃 동백꽃 들이

아, 사이사이 핀 모습, 그 어떠합니까

대나무 복사꽃처럼 어울리는 고운 두 분,

대나무 복사꽃처럼 어울리는 고운 두 분

아, 서로 바라보는 모습 그 어떠합니까

부처님 성전, 임금님 성전에 복을 가져다주는 목단꽃은 천 년이 지났지만, 앞으로도 향후 500년, 천 년까지 대대손손 대웅보전을 남기기 위해 목단꽃을 오색단청으로 채색해서 더욱 아름답다.

위에는 하얗게 칠해 눈처럼 하얗고 순결한 꽃잎을 표현했으며, 아래에는 노랗게 칠해 성스러움과 부귀영화를 표현했다. 이 꽃봉오리 위에 봉황이 황금알을 품은 형상을 새겨 부처님을 기린다. 목단꽃은 줄기가 늙어지면 혼자 고목이 되어 사라지고 다시 새로이 건강한 싹을 틔워 대물림하는 꽃 중의 꽃이다. 또한 해충이나 진딧물 등을 옮기지 않아 주변 다른 식물들에 피해주지 않는다.

이런 오월의 목단이 금방 사라지는 것이 아쉬워 사철 활짝 피어 있는 법당의 꽃이니, 어찌 봉황이 날아가다 머물러 황금알을 낳지 않겠는가. 옛 시대에는 목단꽃이 부귀영화를 상징했다. 그래서 많은 불자님이 꽃 중에 왕인 목단꽃을 부처님께 공양 올리고 자손만대의 행운과 복을 빌었다.

웅장한 대웅보전, 그 고려시대의 대웅보전 재현 불사를 위해 목재를 마련하면서 스님들이 심혈을 기울여 손수 조각했다. 행운, 자손번창, 소원성취의 발원지였던 옛 모습 그대로 표현하기 위해 기도수행 정진하며 대작 불사를 한 것이다.

　스님들이 직접 목단꽃을 조각하다 보니 아름답기는 하나, 향이 없어 벌과 나비는 날아들지 않아 아쉬움이 있다. 그러기에 우리 불자님들이 가벼운 마음으로 언제 어디서든 나비처럼 벌처럼 가볍게 오셨으면 좋겠다. 부처님께서 굽어살피시는 우리 중생들, 향 피우는 우리 목단들을 품어달라는 의미로 제작하였다.

　지금도 많은 불자님이 오신다. 부처님 전에 향 올리며 큰절드리는 모습에 스님들은 흐뭇하다.

　도림사 대웅보전은 그 옛날 과거급제 도량으로 명성이 자자했고 아직도 전국적으로 명성이 자자하여 많은 불자님이 찾아와 기도 성취하신다. 기둥에 새긴 소박한 목단꽃처럼 도림사 대웅보전은 자세히 보아야 아름다운 사찰이다.

대웅보전 수미단

부처님 모셔진 대웅전, 자세히 보아야 신심(信心)이 납니다. 자세히 알고 기도하시면 소원성취하십니다. 전각으로 조성하여 성스러운 부처님을 모시는 도림사 대웅보전은 위대한 영웅을 모시는 곳입니다. 각은 독성(獨聖)*이나 삼성(三聖)**을 모시는 곳, 그리고 불심(佛心)과 인연이 닿는 모든 분을 모시는 곳입니다.

수미단(須彌壇)이란 석가모니 부처님을 모시는 상단(上壇)으로 대웅전 중앙문(어간문)을 열면 바로 보입니다. 도림사의 수미단은 고려시대에 부처님을 중심으로 불교에 귀의한 모든 분을 모시기 위한 곳입니다. 전각으로 기둥에 용 문양으로 조각하여 부처님을 모셨으며 좌청룡 우백호인 용이 감싸고 있어 더욱더 생동감 있게 재현했습니다. 조금은 생소하겠지만, 스님들이 손수 조각하여 모신 수미단은 상상을 초월한 섬세함으로 고려시대 불교의 정교함을 재현했습니다. 옛 사찰의 표현을 살리려 불교학과 불교 미술을 공부하여 재현했지만, 옛 모습 그대로 모두 담지 못함을 아쉽게 여겼습니다. 고심 끝에 경탄할 만한 오색단청을 불사하고 나니 자연과 조화롭게 어우러져 보면 볼수록 아름답고 경이롭습니다.

대웅보전 앞에서 바라보는 와불산은 서산의 정기가 느껴지고 마

---

* 혼자서 스승 없이 깨친 독각(獨覺)의 성자(聖者). 곧, 나반존자(那般尊者)의 일컬음.
** 동양(東洋)의 세 성인(聖人) 즉 석가(釋迦), 공자(孔子), 노자(老子).

치 적멸보궁을 연상케 합니다. 누워있는 부처님을 친견할 수 있습니다. 그 밑 전경은 부처님께 용이 엎드려 친견하는 모습이라 하여 현재 복룡동이라는 명칭을 쓰고 있습니다. 노스님들에게서 구전으로 내려오는 복 받은 도시라서 큰 이변이나 천재지변이 없는 마을입니다. 아름다운 건물들이 전경에 있고 그 속에서 중생들의 정겹고 아늑하고 태평 성대하게 살아가는 모습이 보입니다.

이곳은 도림사. 불자든, 불자가 아니든 여기서는 마음에 쌓인 피로를 풀 수 있습니다. 가끔은 깊은 산속 고즈넉한 산사에서 맑게 흐르는 계곡물과 코끝에 스치는 달콤한 꽃향과 솔향 그리고 부처님 향기에 취해 보시기 바랍니다. 물 따라 바람 따라 구름 따라 잠자는 풍경을 깨우니 댕그랑댕그랑 깨어있는 산사입니다. 몸과 마음 고요히 차분히 수미단을 둘러보시고 부처님 법전에서 허한 마음 충만히 하소서. 그리고 부처님 전에 큰절 삼배하시면 소원이 이루어집니다.

부디 내가 필요한 절이 어디인지, 내 마음 가까운 곳이 어디인지 공부하고 직접 찾아가 기도 성취하시길 바랍니다.

거기 누구 없소?

출가한 승려로 살면서 성불하고 싶어 출가했는데, 변변한 승복 한 벌 없이 대작 불사하려니 힘든 것은 당연하다. 늘 부처님 미소 받는 승려라 용맹정진하여 불사하지만, 때로는 나도 모르게 주르륵 흐르는 눈물… 때로는 목 놓아 큰 소리로 울고 싶어도 절집 주지는 인상도 쓸 수 없고 또 상좌스님이 있어 마음 아플까 약한 모습 보일 수 없다. 나보다 더 힘들 텐데… 그래도 언제나 내게 힘이 되는 말을 해주는 상좌스님.

"우리 주지스님, 굳은 신심으로 용맹정진하시는 스님, 늘 존경합니다."

보이지 않는 곳에서 큰 소리로 염불하며 마음 달래던 불사 인연 시절, 오늘도 인내하고 내일 또 인욕바라밀 하며 살아오다 보니 강산이 몇십 번 바뀌었다. 나만의 출가수행 방편과 뜻을 정하고 모두가 동참하며 지금의 대작 불사 완공으로 이어졌다. 지금도 좋아서 행복해서 눈물이 난다.

감히 부처님 도량에서 성불할 것처럼 수행하는 주지, 그래도 이번 생 한번 잘 살았다.

요즘은 저 앞산을 향해 누군가 한 번씩 큰 소리 지른다.

"거기 누구 없소!?"

그리고는 아무도 없는 도량에서 씩 웃으며 뒷짐 지고 어깨 쭉 펴고 으스대며 거닌다. 이렇게 저렇게 폼 잡고는 저 높이 흘러가는 구름 날

아가는 새에게도 자랑한다.

　　포행(布行)*하는 행복한 승려로 살고 있는 것에 감사하며

　　부처님 전에 향하나 사르며 큰절 올립니다.

* 승려들이 참선(參禪)을 하다가 잠시 방선(放禪)을 하여 한가로이 뜰을 걷는 일.

석불(石佛)

그 옛날 깊은 숲
푸르름이 감싸 숨어 있는 작은 석불 바위
지나가는 옛 선비들에게 가는 길을 밝혀 주며
달님도 부처님도 붉은 등불 밝혀 주었다.
인간과 자연의 소중한 관계를 깨닫고 함께
더불어 살아가는 삶의 아름다움,
그 진리를 품고 숨겨져 있는 작은 석불.
창창하게 푸른 앞날과 불꽃 같은 큰 희망으로
젊음을 불태우며 공부하던 유생들.
공부하고 준비해서 봇짐 메고 험난한 산과 강을 건너
마침내 한양으로, 과거급제 환희의 순간을 맞이하러 간다.
그 길목에서 멈춰 가득 차고 푸짐한 공양 바위에 올려놓고
얼마나 가슴 깊이 절절히 사무친 기도를 했을까.
운명의 길 앞날의 길을 열어 주는 등불 같은 소원바위 앞
오늘도 과일 한 개 올려놓고
절실하고 간절한 기도 올립니다.

우리는 좋은 친구야

아무 생각 없이 내가 한 말, 친구가 한 말
씨가 되어, 줄줄이 고통이 되어 훗날 나에게 온다.
아무도 없는 침묵의 나그네로 외롭게 긴 여행한다.
조용한 시간에 차분히 생각해 보자.
나를 스쳐 간 많은 인연이 머나먼 길 걸어
서서히 사라져 버린 것, 알고 있는지…
지금이라도 마음에서 우러나오는 따뜻한 말로
가족과 친구 그리고 주변 모든 이를 보듬어 주자.
아무리 분노가 일고 서운함이 남더라도
서로 미워하며 상처 주는 말 하지 말고,
그래도 사랑한다는 말로 그들과 나 모두를 포용하자.
그래, 바로 그것이 그대의 사랑 표현이자 실천이니까.
나를 알아보고 너를 알아보고 그런 우리를 위해
없어서는 안 될 친구, 서로에게 그런 친구가 되자.
언제든 만나면 차 한 잔 같이하는 친구여,
우리 인연 겨우 만났으니 혼탁한 감정 섞인 묵은 말 하지 말고
이 아름다운 짧은 소풍길처럼 맑은 말만 하자.

큰스님 열반에 드신 날

천 가지 계획만 생각하느라

생전 자주 찾아뵙지 못한 이 못난 승려,

생사 열반이 이렇게 빨리 찾아올 줄 몰랐습니다.

어제 통화할 때 분명 정정한 목소리셨는데

어찌 급히 그 먼 길 혼자 가셨습니까?

나의 스승이신 큰스님, 스님이 주신 법명 탄공으로

부끄럽지 않게 수행하려 최선을 다해 살아왔지만,

큰스님께는 너무나 보잘것없는 불효막심한 놈이 되었습니다.

부디 극락왕생하소서!

왠지 밤새 부르는 전화벨에 밖으로 나와

스님의 열반 소식 듣고 깜짝 놀랐습니다.

죄송한 마음에 눈물이 주르륵, 스님! 스님!

큰스님 계신 곳 향해 소리치다 보니

큰 구름 한 점이 서산을 넘는 것을 보았습니다.

큰스님, 극락왕생하소서!

소승, 큰스님의 가르침과 깨달음을

가슴 깊이 심어두고 아름답게 피워가며

법다운 법의 향기를 불자님들께 전하겠습니다.

큰스님, 언제나 생(生)과 사(死) 따로 없고

일체제법(一切諸法)* 마음으로 생긴다 하셨으니
모두 이내 마음이었으면 좋겠습니다.
크나큰 가르침 그리고 인자하신 얼굴과 아름다운 마음
본받아 최선을 다하는 승려가 되겠습니다.

* 온 우주에 있는 유형(有形)·무형(無形)의 모든 것.

사바세계에 태어나

일생 한 번뿐인 삶, 멋지게 뜻있게 살고 싶어도

완전히 만족하는 삶의 방식 있을까?

다 부질없다는 생각. 오로지 불법(佛法)에 귀의하고 싶다는 생각

이외에는 다른 어떤 것에도 관심도 없고 애착도 없어

내가 할 수 있는 일이 아무것도 없다는 생각.

무용지물로 태어난 줄 알았지만, 그마저도 나의 생각.

헤아릴 수 없는 부처님의 도량, 그 드넓고 밝은 세상 만나

승려로 출가하여 숲속 깊은 아름다운 산사에 머물며

웅장한 궁전을 지을 줄이야! 금빛 단층이 찬란도 하다.

사계절 꽃향기에 날아드는 나비처럼 불법에 귀의하며

첫눈이 휘날리는 날 하얀 눈 위를 거닐며 여여히

내가 할 일이 있어 출가 승려가 되었구나! 깨닫던 순간.

다시 바라보는 대웅보전의 웅장한 부처님 궁전,

금빛 단층으로 오색이 밝아 흰 눈이 희고 더 아름답구나.

내가 세상에 태어난 것이 부처님 도량이었구나.

부처님 궁전에서 피어나고 지는

이 세상 태어나길 잘했네.

공휴일

절집에는 공휴일이 없다. 바깥세상 공휴일은 어떨까?

궁금하기도 하여 시내로 내려가 한 바퀴 돌아보는 오후.

음료를 사 들고 느릿느릿 슬리퍼를 끌고

몸이 편한 옷차림으로 걸어가는 사람,

너무나 바쁘게 뛰어가는 사람.

나도 그 무리 속에 걸어가다,

어느 낯선 곳에서 어슬렁거리다,

목적지 찾은 것처럼

한 모퉁이에 앉아 공휴일을 즐겨본다.

즐겨보는 것도 잠시, 사바세계의 최면으로 걸어 들어가

조금 신기해 웃다, 조금 중얼거리다, 오래달리기라도 한 것처럼

숨 가쁘게 헉헉대며 벌건 얼굴로 조용한 산사에 돌아와

무슨 큰일이라도 겪은 것처럼

휴우-

큰 숨 몰아쉰다.

부처님 도량이 매일 휴일이고 극락입니다.

흰 눈

내리는 눈은 그저 희지만

땅에 쌓인 눈은 너무 희다 보니 작은 티도 잘 보인다.

깨끗하다는 것은 흰 눈만이 알 것이다.

홀로 오래 앉아 좌선하면 잠드는 건 자신만 알고 있듯이

큰소리치면 큰 소리는 들을 수 없다는 걸 소리치는 사람만 안다.

해보지도 않고 판단하는 어리석은 중생.

곧은길 똑바로 펴놓아도 길면 굽어 보이듯

누구나 삶은 평등하게 살아간다.

이기적인 욕심만 가득한 사람도 자기만 알 것이다.

그러니 빨리 무거운 짐 툴툴 털어버리시고

부처님 전에 이 마음 저 마음 모두 놓고 가자.

바짝 마른 몸 이것저것 담아둘 곳도 없는데

번뇌 망상도 하는 사람만이 알듯이,

흐르는 눈물도 왜 흐르는지 자신만 안다.

이왕에 운다면 눈물 한 방울

한 방울에 모두 씻어버리자.

부처님은 가벼운 사람을 좋아하신다.

가볍고 정갈한 몸과 마음으로

부처님 전에 향하나 사르며 기도드리자.

홍인이의 재산

공부하기 힘들지?

지금이 너에게는 소중한 시간이야.

스님들이 먼저 살아 보니

지식은 공부한 기억으로부터 온단다.

공부는 홍인이가 살아가면서 필요한

지식의 양식을 저축하는 것이란다.

홍인이의 천재적인 머릿속에 매일매일 양식을 저장하는 시기란다.

지식인이 되면 먹고사는 것에 크게 얽매이지 않는단다.

홍인아, 가까이 있는 스님들 보렴.

너 같은 시절 모르고 지나쳐 지금도 공부하고 있는 것 보잖니.

일상 생활하면서 나중에 공부하는 건 정말 힘들어.

너의 본분이 공부이니 마음 굳게 먹고

지식을 저장하면 네가 무언가 필요할 때

작은 한 조각이라도 꺼내어 쓸 수 있어.

순간순간 놀고 싶을 때 나는 지식인이라고 생각하렴.

우리 스님들은 공부를 왜 해야 하는지 몰랐단다.

스님들이 홍인이를 너무너무 사랑하니까 꿀팁을 주는 거야.

항상 스님들의 보디가드 지식인 홍인이에게.

소쩍새 울면

대중 스님들은 장례식장 영가청 염불하러 가는 길, 극락세계 저승 가는 길은 멀고도 험한 길입니다. 누구나 한번은 가야 하지만 죽음 앞에선 마음이 무겁습니다.

한평생 자식만을 위해 부처님을 집에 모셔두고 지극정성으로 기도만 하신 보살님, 영안실 곱게 곱게 연지 곤지 찍고 화장하러 가시니 꽃가마 타러 가는 소녀 같은 모습입니다. 저승 갈 때 입은 옷이 그렇게 예뻐도 됩니까?

너무 예뻐 울고 있는 자손 없이 모두 환한 얼굴들이었습니다. 영가님이 평소 얼마나 부처님을 모시며 깨끗하게 살아오셨으면 그럴까요? 스님들도 저승길 여는 요령이나 분별없는 염불, 이승과 저승을 같이 가는 염불이었습니다.

연꽃은 높은 산에서도 육지에서도 자랄 수 없습니다. 오로지 축축한 진흙 속에서 자라 아름다운 꽃을 피웁니다. 영가님도 살아생전에는 많은 시련이 있었으리라 생각합니다. 속가에서 부처님 모시는 일이 어찌 쉬운 일이었겠습니까. 어려운 살림살이더라도 그 삶에 얽매이지 않고 살아생전 부처님 먼저 모신 공덕으로 극락왕생하실 겁니다.

죽어서 이승 사람이 아닌데도 죽음에 얽매이지 않은 그 모습, 새색시 시절 거울 속 아름다운 모습 바라보듯 봅니다. 육신을 모두 벗어버리고 삼베 수의 덮고 주무시는 듯 편안한 영가님. 그 모습 보며 염

불하는 스님들 어찌 깨달음과 생사(生死), 그리고 색공(色空)이 따로 있겠습니까.

　이제부터 아름다운 여인으로 생의 관문을 벗어나고 죽음의 관문도 벗어나 극락세계 아미타 부처님 계시는 천상에서 편히 쉬소서. 뒷산에 고향 묘비를 두셨으니 소쩍새 울면 보살님 생각하리다.

　부디 극락왕생하소서.

매일 산소통 안에 사는 승려

소박한 산중생활이지만 산소통을 매고 사는 것처럼 가슴이 탁 트인다.

이틀 동안 서울에 있으면서 산소가 부족해 가슴이 답답하고 코가 막혀 숨 쉬는 것이 힘들다. 자꾸 코를 만지며 애무한 콧구멍만 파고 있다. 얼른 산사로 돌아가야 한다는 생각밖에 없다.

아무리 좋은 교훈의 교육도 뇌리에 남아있지 않고 자꾸만 누가 가슴을 짓누르는 것처럼 혼미하다. 밖에 나와 눈을 맞으며 추위조차 잊고 눈발을 맞으며 마음을 달래 보지만, 흰 눈이 내린 곳에 시커먼 눈, 보기 힘들 만큼 하얀 문종이 붓글씨 쓰다 먹물 쏟던 것 같은 검은 눈을 보며 깜짝 놀란다. 얼른 숙소로 들어와서는 산사로 되돌아가고 싶다는 생각만 하며 틀어박힌다.

산사의 눈은 하얀색이 일주일 있어도 조금의 낙엽 부스러기만 붙을 뿐이다. 그런 맑고 깨끗한 흰 눈만 보다가 끔찍할 만큼 시커먼 눈은 그때 처음 보는 것 같았다. 누가 눈이 흰색이라 했던가!

내가 정말 대자연의 산소통을 달고 사는 것을 모를 때, 너무 조용한 산사가 때로는 답답하고 지루하다 느꼈다. 그래서 가끔은 대도시 서울도 가보고 싶었다. 하지만 다시는 그런 생각을 하지 않을 것 같다. 산사에 돌아가면 다시는 나오지 말아야지. 자연의 소중함을 느끼며 산사에 살아가는 것에 늘 감사 또 감사한다.

자연과 공생하며

만법이 하나임을 알리는 이른 봄,
한 조각 남은 추위에 두툼한 누비 적삼 입고서
덥다며 계절을 탓한다.
조금 더우면 덥다…
조금 추우면 춥다…
이미 봄은 채마밭 땅속 여기저기 부석부석 훈훈한 온기를 준다.
산사에서는 태양이 너무 뜨거우면 비의 도움받고
비에 너무 젖은 대지는 태양에게 도움받는다.
뽀송한 밭에 봄 날씨 도움받아 나물 심어 맛나게 먹고
텅 빈 텃밭에 두엄 주고 갈아엎어 새 땅으로 돌려보내며
몸은 조금 힘들게 움직이며 받은 만큼 돌려주는 자연,
알수록 점점 더 자연이 기특하고 감사하다.

약사 보살

산방이라는 이름을 붙여놓고, 법당 기도하랴 맛난 음식하랴, 몸이 둘이라도 모자라는 요리사. 자연이 인간에게 준 신비한 선물, 구입부터 남다른 자연 재료라고 입버릇처럼 말하기보다 실천하는 요리사 보살.

자연스러움, 조화, 풍경 모두 넘치지 않는 요리로 고도의 맛을 살려내는 것이 요리사의 능력이다. 자연이 빚은 고유한 재료를 환상의 맛으로 조화롭게 차려내는 한 상. 짜리몽땅 손끝으로 두루뭉술 손맛을 내는 겉절이. 이산 저산 깊고 험한 곳 마다않고 따온 산버섯으로 만든 한번 맛보면 흠뻑 빠져드는 맛깔난 산버섯탕 요리.

상차림에는 산방의 단아한 방 정겨운 분위기, 요리사의 밝은 미소도 좋은 요리 재료로 필요하다. 몸과 마음 정갈하게 도를 닦듯이 모든 요리에 대한 최선의 원칙을 지킨다. 자연의 모습 그대로 계절에 따른 재료를 이용하고 보기 좋게 색감과 채색까지 맞춘다. 산방 텃밭에서 식탁까지 이르는 모든 과정에 정성을 들여 싱싱하고 건강한 먹거리를 올린다.

그것이 약이 되는 약선음식을 만드는 최고의 요리사 약사 보살이다.

북소리

현세에 살면서 마음은 극락 도량이다. 사뿐사뿐 춤을 추며 극락세계를 표현하는 춤사위. 때로는 북을 치고 때로는 장구도 치고 신나는 국악으로 한바탕 야단법석도 한다.

우렁찬 북소리 온 산천을 울리는 광음한 소리, 극락 문도 열리지 않을까?

속세의 찌든 때 묻은 귀를 뻥 뚫고 어깨가 들썩들썩 몸과 마음이 하나 되어 걸림 없으니 여기가 극락인가, 사바세계인가?

덩실덩실 가벼운 발걸음 영단으로 옮길 때 속세의 온갖 부귀영화 다 버리고 떠난 영가님들, 이 세상 밖 다른 극락세계 인연 맺어주기 위해 소박하고 청정한 하얀 천 손에 감아 나비처럼 나풀나풀 사뿐사뿐 춤을 추는 선녀 같은 보살. 그 모습 바라보며 그저 감탄하는 것 말고 어떤 표현을 감히 할 수 있을까.

조금 전까지 사바세계를 무대로 살아왔으니, 이제는 극락세계 아미타 부처님 품에 안겨 성불하시라. 극락 문전까지 덩실덩실 춤을 추며 넘나드는 모습. 바로 당신이 지장보살 아닐까.

부디 이 공덕으로 소원성취하소서.

토굴 생활 30년 지기

솔밭 우거진 작은 산사 울창한 노송 숲길 걷다 보면 코끝에 스치는 솔 향기가 걸음을 멈추게 한다. 빼곡히 자리 잡은 솔숲 사이로 보일 듯 말 듯 작은 흙집 한 채. 솔숲 초입에 커다란 밤나무 밑에 또 하나의 작은 흙집 주인이 되어 살아가시는 처사님.

법이 없어도 돈이 없어도 그저 웃으시며 언제나 밝은 얼굴의 처사님이지만, 불의는 못 참는 분이시다. 몰래 집을 지은 벌 떼에 스님들 얼굴 여기저기 쏘여 연지곤지 찍은 것처럼 펄펄 끓는 얼굴을 할 때면 큰 소리로 "처사님!" 부른다. 그러면 하시던 일 접고 금방 올라오셔서 급한 마음에 양팔 둥둥 걷은 채 해결하신다. 스님들에게 진심인 신장님이시다.

"처사님!" 부르면 언제나 "예~" 하시고 올라오셔서 가마솥도 걸어주시고 나무도 해주시고 지붕이 새면 용마름에 올라가 수리 해주시고 장날이 되면 읍내 나가시어 맛난 음식도 사 오신다.

그저 우리 자식 잘되라고 늘 기도 하시는 처사님. 처사님의 유일한 취미는 오토바이다. 붕~ 하며 달리는 모습은 소년 같으시다. 대중 스님과 함께한 세월만큼이나 불심이 두터운 처사님.

오래오래 건성하시며 여생 동안 부처님의 자비 광명 충만히 받아 소원성취하소서.

솔향

· · ·

바위틈 잘생긴 소나무
절도량 지킴이로 살아온 세월이 얼마일까.
눈보라가 쳐도 바람이 세차도
묵묵히 그 자리 그 모습 그대로
절도량만 우두커니 바라보고 있더니,
봄 새가 날아오자 묵은 가지 털어낸다.
오늘은 새순에 연초록 잎이 나와
봄볕을 쬐며 절집을 기웃거리니
나를 찾아온 멋진 성인 같구나.
어제 본 너의 모습 오늘 달라
이 승려 깜짝 놀랐다.
혹, 봄바람 난 것 아니겠지?
솔잎마다 살아 숨 쉬는 봄볕에
반짝이는 새순 옷 입은 장대한 모습
그 장엄하고 진한 향기 도량을 감싸 안고
오늘도 절집을 지키는구나.

한 송이 연꽃

진흙이 없으면 연못도 없다.
한 송이 연꽃 피기까지 서로서로 고생하며
겨우내 꽁꽁 언 진흙에 박혀 봄을 기다리다,
부지런한 청개구리 봄눈 녹은 연못에 풍덩!
물 파장 내니 연뿌리가 다리를 쭉 펴고
진흙을 갈라 연잎 줄기 잠에서 깨운다.
두 팔 벌리고 연못 위에 파란 자리 펴주면
청개구리 팔짝 뛰어올라 따뜻한 봄볕에 졸고
연못 구경나온 봄바람 살랑살랑 꽃을 피운다.
아름답기를 무엇에다 비유하리오.
서로 공생하는 자연의 섭리가
이 승려를 깨닫게 하는구나.

자연과 생명

삼라만상 계절에 따라 변화무쌍하다.

싹 나고 꽃 피고 열매 맺고 씨앗 남기는

자연의 순리는 생명의 소중함을 일깨우고

그 자체로 소중한 윤회의 진리를 나타낸다.

봄이 되면 나무에 새잎이 돋는다.

여름에는 짙어진 신록으로 그늘을 만들어 열기를 식혀 준다.

가을에는 알알이 열매를 맺어 다른 생명들에게 베풀고 보관한다.

겨울에는 모두 땅에 내려놓고

앙상한 가지로 한기를 견디며 잠잔다.

새봄에는 다시 그 자리에서 새잎을 준비한다.

자연은 그 자리 그대로 꾸미지 않아도 언제나 새롭다.

자기가 남에게 베푸는 것이 자기 몫이라면

남이 베푸는 것을 받아들이는 것 또한 자기 몫이 아닐까?

돌고 또 도는 것이 자연이자 인생인데

돌고 도는 생태계 안에서 삶을 저울질할 필요 있을까?

꽃의 색과 향기를 저울질할 수 있을까?

새소리 바람소리

앞산이 온통 꽃밭이구나.
그래, 가끔은 수행자도 자연을 즐기는 거야.
힘든 자기와의 싸움 잠시 접고,
앞산에 올라 마음 아닌 육체로
앉아도 누워도 보고 꽃도 만져보며
새소리 바람소리도 즐겨보는 거야.
꽃들은 태양 향해 피어 있고
나는 깨달음 향해 마음꽃 피운다.
봄 향기 취해 흥얼흥얼 콧노래
뒷짐에는 봄향기 잔뜩 지고 내려와
법당으로 간다.
일시적인 향기는 향이 없더라.
다시 부처님 전에 향 하나 사르고
진한 향 맞으며 큰절 삼배 드립니다.

아이고 허리야

졸졸졸 수각 물 흘러가는 곳에

자연으로 보내려 미나리 심는다.

인간이라는 존재는 배워도 배워도 끝이 없다.

이 나이 먹도록 농사꾼 스님이라 큰소리치면서

미나리는 처음 심어본다.

매일매일 일거리 찾다가 오늘은 미나리

한줄기씩 뿌리내린 것 골라 진흙에 심는데

처음은 기쁨, 다음은 절망 뒤 슬픔.

아이고 허리야 다리야…

곡소리 하다 보니 어느새 끝이 보인다.

예기치 않은 일 오늘 또 만들었다.

청도에서 찾아온 봄 미나리 향이 너무 좋다.

생명의 향기가 짙어 자연으로 보낸다.

무럭무럭 크고 건강하게 잘 살렴.

봄이 오니 매일 다른 일

이 노승, 바쁘다 바빠!

염불 소리

봄이 되니 온 대지가 푸른빛으로 물들어
부지런한 법연 스님, 텃밭에 이 나물 저 나물 씨뿌리고
푸른 잎 빨리 올라오라 물을 주며 홀로 선 모습.
해마다 보는 모습이지만 예전에 내 모습 보는 것 같구나.
이 무정한 세월은 어찌 그리 빨리 지나가는지.
올해도 내년도 수많은 세월
그렇게 홀로 선 모습이 승려 아니던가.
그저 천천히 서둘지 마라.
올봄도 훌쩍 사라질까, 이제는 두려운 나이라네.
물질적 부를 즐기기보다 씨 뿌린 만큼 수확하는 수행자,
염불 소리 마음에 담고 목탁 소리 깨달음 얻어
지나온 나날 모두 후회 없는 수행자가 되거라.
나 또한 서산에 걸려있는 황혼에 접어들어 보니
일체 삼보께 귀의한 일이 가장 큰 행복이었다.
작고 소박한 행복이 이렇게 큰 것인지 이제야 느낀단다.
다행히 우리는 자연과 더불어 필요한 만큼 가질 수 있고
수행자로서 불법까지 만났으니, 이 얼마나 행복한가!
수행 정진은 크게 넓게 많이, 부동심으로 살거라.

소중한 시간

가는 곳마다

보이는 곳마다

푸른 버들 휘어지고

봄을 찾아 꽃을 찾아

올라오는 등산객.

꽃 피고 새 우는

푸른 산이 어디 여기뿐이랴.

앞뜰도 봄이 오면 꽃이 만발할 터인데,

오랜 세월 내 뜰에 핀 꽃

벌과 나비만 친구 했구나.

꽃은 저리도 예쁘게 피었는데,

큰 벚나무 밑에 앉아

유유히 담배 피우는 처사님.

이 소중한 일생, 무엇을 하기 위해 여기까지 왔는가.

제발 성찰하셨으면.

자연의 아름다운 꽃 보고 느끼고

해맑은 향기로 육신을 정화하여

견해의 밝은 등불로

부디 견성(見性) 성불하소서.

나를 알기 위해

이 세상에 와서 나를 알고자 젊은 시절 좋은 시절 뒤로하고, 큰소리치며 불가 사문에 입문하여 이 나이 먹도록 살다 보니, 천지간 면목이 없다.

우리 민족은 어떻게 성장해 왔을까?

구석기부터 철기시대, 그리고 삼국시대부터 조선, 대한민국 정부 수립으로부터 근대, 현대 등으로 구분되어 있지 않은가. 그렇다면, 할아버지로부터 아버지와 나까지 삼대에 걸쳐 존재하는 것 외에, '나'라는 존재는 무엇을 찾아 예까지 살고 있는가?

또 지금은 왜 주어진 삶에서 바쁘게 살아가는가?

전생의 기억조차 알 수 없으나 지금 내가 살고 있으니 정신이 있고, 내가 죽으면 영혼이라고 하며 불생불멸이라는 문고를 두고 수도 없이 수행한다. 이런 수행자로서만 나고 죽는 것이 아니라 윤회한다고 불교도에서는 이야기하지만, 윤회하는 실체를 어떻게 표현할까?

'영혼'이라는 이름을 붙인다면 나의 심리를 보고 듣고 하는 것 외에 무의식중의 느낌이라고 할까, '알 수 없는 나 자신'이라는 화두를 지금도 짊어지고 있다.

'나는 누구인가?'

부처님께서 분명 전생이 있다고 하셨는데, 나의 전생은 어디서부터 어디까지일까?

한 나라의 역사는 학자들이 명백히 밝혀낸다지만, 내 존재는 나만
이 알고 있지 않을까?

경전을 공부하고 학식도 가지려 무던히 공부해 보았다. 윤회와 전
생을 믿는 승려이지만, 이해하기 어려워 한숨 쉬며 걸어본다. 가부좌
도 틀고 앉아 마음을 파고들어 보기도 한다. 그러나 내가 누구인지 알
수 없다.

과연 수행하는 승려이니 그 공덕으로 윤회할 수 있을까? 죽고 나
면 그만 끝나는 것은 아닐까? 힘들고 어렵고 고단할 때는 왜 이렇게
해야 하지? 우선 편하게 좀 살다 가면 안 될까?

내 생과 인과가 있다고 하니 아무렇게 편안하게 계획 없이 살 수는
없는 일. 혹시 그렇게 편히 살다가 내 생의 고(孤)를 더 많이 받으면 어
떻게 하지?

꼬리에 꼬리를 무는 생각이 번뇌에 다다른다.

하지만 또 한 번 인내하고 고찰하며 깨달음을 향해 사유한다.

나는 나, 둘이 아니다. 생과 사를 논하며 살아보는 것이다. 해는 동
쪽에서 와 서쪽으로 가는 것을 나는 서쪽에서 와 동쪽으로 갈 수도
있지. 이 모든 것은 나 자신이 만든 것이고 평생 수행자 생활을 선택
한 것도 나 자신이다.

자유로운 수행자, 해탈한 승려, 깨달은 승려가 되고 싶어 오늘도
평상심을 가져본다. 마음은 경계에 따라 일어났다가도 사라지는 것이
아니던가. 때로는 정신 나간 승려라 해도 할 수 없다. 백천만겁 생사에
해탈하기 위해 달덩이 같은 나의 마음을 너의 생에 내색할 것 없이, 그
저 조금이라도 나는 누구인지 알고 싶어 여기까지 왔건만, 지금의 생

활도 나이 들어 가물가물하니 어떻게 전생을 알겠는가.

불교에서는 근본 진리를 바로 알고 깨치면, 깨친 자체가 영원하다고 한다. 그런데 내가 불교에 귀의한 이후로 강산이 몇 번 변했건만, 아둔한 나는 아직 깨닫지 못한 것일까.

'도대체, 나는 누구인가?'

화두의 병이 깊어 죽은 영혼이 되면 바로 알까?

일체 망상이 다 끊어진 진여의 극락세계에서 알 수 있을까?

바른 실체를 볼 수 있는 혜안이 언제 열리려나, 그때가 되면 네가 나를 알 수 있을까?

영혼은 육신을 벗어야 자유로워진다는데, 자유로운 영혼 행복한 육신 다 놓고 지금의 나를 찾자. 그렇다면 지금이라도 마음을 다잡아야 한다. 자기계발이라도 해야 한다. 지금 이 나이 먹어 더 늦기 전에 서산에 가서 텅 빈 마음 찾지 말고, 나 자신을 만들어 가자. 오늘부터 다시 본마음 개발하는 수행자로 살자. 이 세상에 와서 나를 알고자 하는 일이 나를 괴롭히는 일이 되지 않기를, 금생에 아픔이 가슴을 적시지 않기를, 내생에도 아픔이 되지 않기를, 수행자로 기꺼이 진여의 법계에 이 몸 바칠 수 있게 되기를, 진여의 사랑이 내 가슴을 적실 때까지 엎드려 두 손 모아 기도하는 일이 헛되지 않기를, 간절히 기도드리고 또 다짐한다.

'그래, 진여의 도량 불가에서 수행하며 뿌린 작은 씨앗을
불사의 큰 수확으로 만드는 탄공 스님으로 살아가리라.'

　부처님 또한 이것도 아니요, 저것도 아닌 것을 어두운 별빛 보며 깨
달으셨으니, 진여의 미소 띤 얼굴 매일 볼 수 있는 법당에서, 불법에
등 밝히는 도량에서 진여를 사랑하며 이 승려 마지막이 되길. 나의 가
슴 중심에 깊이깊이 새벽 목탁 소리에 세상 소리 닫고 늦봄에 떨어진
꽃잎, 빈손 위에 고이 올려놓고 위로의 조문하며 나라는 것 잠시 잊
자. 그렇게 여여히 살다 보면, 다시 활짝 피어나는 꽃처럼 수행자의 간
절한 믿음이 소원으로 이루어진다는 것을 안다. 열심히 정진하는 수

행자로서 나만이 알 수 있는 나를 찾자…

저 큰 몸뚱이 주인이 누구인가?

불사 이룬 도량에서 앉아 놀고 있는 노승 할 일 없어 졸고 있는 자유분방한 승려라네. 허허, 참… 이제야 눈멀고 귀먹고 후들거리는 다리 쭉 펴고 편히 앉아 있는, 일체유심조(一切唯心造) 하는 노승이라고.

아무것도 할 수 없는 육신 덩어리, 저승길… 아니, 이제야 내 모습 속 나를 찾았구나. 언제나 웃는 모습 자비로운 노승으로. 다 내려놓으련다. 믿음직한 상좌, 그대가 알아서 다 하시게나! 자유의 수행자 탄공으로 해탈도 하지 않고 이제부터 걸림 없이 살란다.

탄공? 그래, 탄공… 평생 외길만 걸어온 수행자의 법명, 탄공 스님, 그게 나인가?

아니, 나는 누구인가? 본명 남 탄 공. 아직 깨닫지 못한 만년 수행자이지만 지금이라도 남은 생, 불생불멸(不生不滅)한다면 유(有)와 무(無) 알면 아직 찾지 못한 공(供)에서 탄공을 찾으려나?

'나는 누구인가'를 찾는 수행자 하나, 자신의 지나온 세월과 남루한 마음 정화한다.

나 자신만이 알고 있는 나를 찾는 것조차 모순이라는 사실을 이제야 안다네. 허허, 참… 지는 노을 뒤편에 둥근달이 있지. 오늘도 침묵의 힘으로 나를 찾아가는, 나의 운명을 정복하는 수행자 탄공의 마음에 나를 맡기고 고요히 여여히 산도 들도 아닌, 진여의 곁, 나의 참마음 꽃피운 곳 도림사, 울려 퍼지는 대중 스님 염불 소리에서 찾지 못한다면 또 어느 곳에서 진아(眞我)를 찾겠는가.

자유로운 영혼, 한 줌의 재가 되면 전생의 나를 만나 이생의 살았던 마음 또 전하지 않으리라. 삼라만상 모든 것은 내가 만들어 내 몸 속 내 마음에 참마음 있으니, 피안의 세계에서 행복하게 정진 수행하며 때로는 내 마음의 소리 염불하며 살리라.

거울 속 눈앞에 보이는 남루한 승려, 오래도록 부려 먹은 늙은 육신은 보이지만, 아직 속마음은 눈이 어두워 보이지 않아 모른다네. 늘 깨어있어도 깨닫지 못하니

허허, 참⋯ 모두 삼라만상(森羅萬象) 색즉시공(色卽是空)이로구나.

봄비

앞산 가득 봄꽃 뿌려놓고

온 도량 가득 바람 불어 넘치니

봄비가 오는구나.

봄기운에 추운 마음 다 비운 줄 알았는데,

도량 가득 비를 뿌리니 법당 추녀 끝에 달린 풍경

땡그랑 땡그랑 비바람이 종을 치고 있구나.

나무 심어놓고 물 길어 주기 싫은 작은 스님

비 맞으며 나무 심는다고 흠뻑 젖었네.

비바람 짊어지고 덜덜 떨며 나무 심더니

열 오른 등허리에서 봄 안개 모락모락

봄은 봄이다.

꽃물 든 마음, 비워놓고 보거라.

온 도량 천만 경치에 봄색이 완연한데

꽃나무 심을 곳은 어디 있더냐.

온 산하가 꽃밭인데 무슨 꽃을 더 보려고.

너의 마음 밭에는 봄이 아직 오지 않아

마음속 부처에게 꽃 공양 못 했나 보구나.

초발심(初發心)* 깊을수록 여래의 연등불 밝게 보인단다.

비바람 부는 날은 달을 볼 수 없지만 달은 그 위에 떠 있다.

너의 마음밭 잘 가꾸거라. 갑자기 봄꽃 피면

너의 마음 벌 나비 되어 날아갈까 걱정이다.

너를 걱정하는 나도 서산에 걸린 해와 같구나.

* 처음으로 깨달음을 구하려는 마음을 일으킴. 처음으로 깨달음의 경지에 이르려
는 마음을 냄.

갈 때는 소리 없이

어제는 겨울 오늘은 봄, 저 하늘 가득 따뜻한 햇살이 저 높은 산 가득 햇살의 씨앗 뿌린다.

저 먼 남쪽에서 꽃바람 불어오니 저 파란 하늘 먹구름 되어 봄비 내린다.

나는 아직 아무것도 준비된 것 없는데, 추위는 갈 때는 말없이 가면서 남쪽의 따뜻함을 불러주고, 메아리로 윙 윙 울던 산바람과 잔 서리도 소리 없이 사라진 늦겨울.

어느새 봄이 오니, 빈 들판에 가득한 봄꽃이 높은 산사까지 찾아와 법계에 닿으니 부처님도 빙그레 웃는다. 천상의 화원이 따로 없다. 산은 높아야 하고 물은 흘러야 맑다. 삼천대천세계도 봄이 오니 만물이 소생하는구나. 삼라만상 모두 행복한 봄. 우리 대중 스님들 얼굴에 주름은 사라지고 웃음꽃이 활짝 피는구나.

이 도량에 처음 와서 식목한 벚나무 심은 것이 대웅전만큼이나 커져서 흐드러지게 꽃이 핀다. 올해도 희망을 품고 심어본다. 십 년 후, 아니 삼십 년 후, 이 승려 사라져도 저 아름다운 벚꽃은 피겠지.

올해도 산사 올라오는 길 비탈에 가느다란 벚나무 가지, 산바람 따라 이리저리 휘어지며 바람 따라 춤을 춘다. 훗날 산사를 찾는 불자님들, 스님들의 마음으로 심은 산벚꽃 보며 신심 가득 담고 진여의 향기 속 불심의 화현으로 기도 도량 다녀가시길.

먼 훗날 꽃이 만발하려나, 희망이 만발하려나, 그때 이 노승이 심은

것 알아주려나. 부도 탑 앞에 한 포기 심어 때가 되면 나도 만발한 꽃
볼 수 있으려나.

공즉시색(空卽是色)이로다.

참새 소리

계곡물 소리는 한 방울 한 방울
빗물이 고여 소리를 만든다.
짹 짹짹 산야를 흔드는 새소리는
계곡물 소리를 귀 닫게 하지만,
여지없이 어둠이 밀려오면 처마 밑
자기 둥지로 돌아가 한동안 침묵한다.
조용한 산사의 밤, 숨겨진 자연의 소리
작은 폭포 소리가 귀를 열게 한다.
맑고 신선한 물소리를 시샘하는 것일까.
낮에는 물소리 망각하지만
밤이 되면 맑은 자장가로 들려온다.
자연의 소리, 스님 염불 소릿결에 낮의 시작을 알리니
염불 기도 동참하고 스님은 조용히 좌선삼매에 들게
참새는 저 앞산에서 지저귀면 좋으련만.
앞산이 푸르른 손짓으로 너를 부른단다.
그래, 조용히 앉아 졸음과 싸우느니
너의 소리 분절 관찰하며 경행(經行)*하다
통찰하는 지혜 생기면 그때 좌선하련다.

---

* 승려가 좌선(坐禪) 중에 졸음이 오거나 피로할 때 심신을 가다듬기 위하여 경문
을 외면서 일정한 장소를 조용히 걷는 행보.

눈물로 기도 성취한 사나이

개성이 풍부한 처사님.

처사님은 대중 스님들과 함께 절터만 남은 황무지 상태에서, 하나하나 돌 주워 축대 쌓고 손과 괭이 삽 등 온몸 온갖 도구로 이곳 땅을 일구셨지요. 우리의 역사, 고려 사찰 새로이 복원하자는 스님들의 심념 기도 그리고 대웅전 불사 부처님과의 약속을 이행하셨습니다. 열심히 대중 스님들과 동참한 처사님은 매일 땀인지 눈물인지 흘리며 빙그레 웃으시지요.

"스님, 이건 눈물이 아니고 땀입니다."

눈물을 삼키며 인내하시는 처사님. 어린 나이에 부모의 챙김 하나 없이 맨몸으로 가족을 만드셨습니다. 부모에 대한 분노와 원망 버리려 부단히 노력하는 모습이 눈에 선합니다. 세상에 비빌 언덕 하나 없는 그 어린 나이에 얼마나 힘드셨을까… 살아있는 동안 자신처럼 무관심 밖의 자식을 만들지 말자는 다짐과 실천. 분명 어렵고 힘들겠지만, 매일매일 가족을 위해 기도하십니다. 그렇게 일군 땅에 새싹이 터 가족이 결합하는 삶을 살기 위해 피나게 노력하시는 처사님. 많은 사람과 함께 사는 사바세계. 여러 가지 유혹과 대립과 방황. 가끔은 크게 소리를 질러보고 허공에 욕도 퍼부으면서 묵묵히 스님들과 함께 인내한 눈물의 사나이. 가족과 함께 잘 살기 위해 종교를 처음 가지셨지만, 부처님을 믿는 만큼 스님들의 황무지 불사 기도에 동참하여 그토록 염원하던 지금의 도림사를 함께 일구어낸 역사의 사나이.

10년을 함께 묵묵히 참으며 매일매일 빈터 산사에 올라와 노력하는 처사님. 그 모습에서 미래의 미륵 부처님을 봅니다. 지금은 행복한 보금자리, 영원한 일터 '태평양'이라는 큰 이름 상가 건물을 가지셨으니, 얼마나 노력했는지 누구보다 스님들이 잘 알고 있답니다. 낮에는 장사하고 새벽마다 배달하며 졸음이 쏟아져 내릴 때, 위험천만한 경험도 하셨지요. 그 역경 모두 참고 노력한 이유는 '가족을 사랑하는 마음'이라고 웃으며 답하셨지요. 그 마음이 얼마나 큰 것인지, 스님들도 크게 배웠습니다. 스님들도 처사님 바라보면서 고행 정진하면 탐진치 모두 버릴 수 있는 깨달음을 얻었습니다. 법당 불사 기도 성취하기 위해 새벽마다 엎드려 사경 기도하며 스님들과 한 자 한 자 써 내려갔습니다. 그 사경 기도 원력으로 소원성취 이루고 늘 깨어있는 수행자로 거듭날 수 있었던 것 또한 처사님과 함께 기도한 덕분입니다.

대중 스님들과 가는 길은 다르지만, 생사를 같이 논하며 매일 눈만 뜨면 빈 산사에 찾아와 절실하게 기도하신 처사님께 감사드립니다. 지금은 힘들어도 나중에는 꼭 아름다운 옛 이야기하며 잘 살 것이라는 대중 스님들 말 믿고 따라오신 처사님, 그때는 처사님이 우리 세 스님의 스승이었습니다. 대작 불사 원만 성취한 것도 실은 세 스님 기도에 매일 동참한 처사님 덕분입니다. 늘 감사하고 고마운 기도 도반이었습니다. 특히 도림사 중창 복원 불사 기도 공덕으로 보람 있고 누구도 참견할 수 없는 부처님 자비 가득한 사랑의 가정, 지금처럼 이상적인 행복 늘 축원합니다.

그리고 어린 나이에 시집와서 처사님 한 분만 믿고 자식 낳아 살아온 우리 대보살님, 처사님과 대보살님 두 분은 부처님 맺어준 환상의 짝입니다. 부처님 기도 성취 보상으로 마련해 주신 탄탄대로의 행로 이루셨으니 혹여 미련이 남았다면 모두 툴툴 털어 버리소서.

가족 사랑을 제일 소중하게 생각하는 멋진 아버지의 소원 이루신 처사님. 한 사나이의 눈물이 승화되어 높은 곳에 닿으니, 그 빛이 무지개로 두둥실 떠 처사님 가정에 두루 비쳐 발휘되고 있습니다. 지금의 부처님 자비 광명이 처사님 상처 입은 마음 깊은 곳에 사랑의 씨앗이, 새 행복의 잎이 돋았으니 장한 가장의 모습 너무 좋아 보입니다. 이 모든 게 변함없이 성실한 처사님의 간절한 기도 불사 동참 덕분입니다.

건강하고 행복한 가정 가까이서 지켜보는 도림사 대중 스님들도 행복합니다. 상주박물관 수장고에 계시던 관세음보살님을 복원 불사한 큰 법당으로 모셔 와 큰절 올릴 때마다 처사님께도 감사의 기도드립니다.

행복한 날만 가득하소서. 나무 관세음보살.

무상정각의 봄(올바른 깨달음)

이 아름다운 꽃 피는 봄,

누구와 이 그윽한 향기를 나눌 수 있을까?

떨어진 꽃잎을 빈 찻잔에 담아 나눌 수 있을까?

이 아름다운 꽃잎 흩날리는 봄,

다 가기 전에 대중 스님 모셔 차 한잔 나눠야겠다.

꽃물 고인 도량 대중 스님들 오시는 길 발자국마다

꽃잎 소복소복하니 가슴 벅찬 진여의 세계로 날아오시겠구나.

바람아, 벚나무 위에 앉아 꽃잎 뿌려다오.

백옥 같은 꽃잎에 물결 만들어 수행 정진하는 대중 스님들.

이 순간, 번뇌도 고통도 없이 자비의 봄바람 날개 달아

넘실넘실 걸어오시며 무상정각 이루시게 해다오.

최선의 올바른 깨달음에 무량한 마음 눈부시어

경계가 없어지니 불법 또한 경지에 도달한 대중 스님들.

천상의 꽃잎 삼계가 가득한 도량에서

경계 없는 찰나의 순간, 다른 생각 잠재우시고

무명(無明) 업장(業障) 녹이는 차 한잔 나누시지요.

일체중생 행복한 이 도량에 오시어

봄 주인이 되어주십시오.

영혼을 달래며

선선한 솔바람이 솔솔 분다.
오랜만에 햇빛을 본지라 햇볕이 정겹다.
한 평도 안 되는 땅에 표지석을 걸어놓고
온갖 진수성찬 무슨 소용 있을까.
5남매 딸들은 기약 없이 가버린 그 자리를
닦고 또 닦는다. 아버지, 아버지! 애타게 불러본다.
사랑하던 일도 미워하던 일도, 다 부질없는 것을…
이승과 저승 사이가 너무 멀어서
그리움은 저 앞 낙동강 물처럼 흘러가는구나.
재로 남은 영혼이 향 연기로 흠향하며
스님 염불 소리 인연 있는 모든 분들 눈물 젖게 하는구나.
가족들 가슴마다 촛불 켜서 어두운 석간 속
빛을 주며 무릎 꿇는다.
빛바랜 시간의 인연들 모두 헛손질만 하는구나.
허망하다 마시고 극락왕생하소서.

촌놈이 울산 가서 출세했네

유년 시절 자연과 하나 되어 살아온 촌 사나이.
한국을 대표하는 특장차 수장이 되었구려.

울산의 중심 자리에 장대한 규모의 큰 공장 넓게 우뚝우뚝 세운 것
보니, 자신이 정한 목표를 달성한 것 같구려. 촌 사나이의 무한한 가
능성 속에 참된 마음, 그것에 반해 농촌의 서로서로 돕는 진리가 성화
되니, 수장의 영특한 두뇌로 치밀하게 작은 공장부터 지금의 큰 공장
까지 세울 수 있던 원천이 되었구려.
　새벽닭이 울면 움직여야 하는 촌사람의 근면성실에 내공과 기술이
쌓여 한국을 대표하는 큰 열매가 되었구려. 세계를 무대로 삼아 사업
하려는 부지런한 사업가가 되었구려. 아침의 마음 저녁까지 변함없는
초자연적 성실함과 원리원칙, 일하지 않으면 먹지도 말라는 정직함과
순박함이 바로 깨달은 수장의 마음이구려. 내면의 깊은 마음 안에 담
겨져 있는 본마음, 준비된 수장의 뛰어난 통찰력으로 본 진여의 밝은
등불 따라 기도하는 준비된 사업가, 언제나 좋고 빠른 신기술로 전 세
계 항로에서 백두산보다 높고 넓은 영역을 만들어 갈 것입니다.

대한민국을 대표하는 촌 사나이가 손수 만든 한국 특장차 준공식.
도림사 대중 스님들 모셔 지극한 마음으로 기도한 공덕으로 말미암
아 부처님 전에 한국 특장차 수장으로 귀의함을 우주 대천세계에 알

렸으니 현세 나투신 미륵불이라 가히 칭할 만하답니다.

부디 진여의 깨달음을 성취하시어 세계에서 으뜸가는 특장차 만드시길.

한결같은 마음으로 대중 스님들 두 손 모아 발원하옵니다.

농사 일지

땅 고르며 서툰 농사꾼
마음만은 풍년이다.
작은 텃밭에 심신을 기울여 뿌린 씨앗
소복소복 땅을 뚫고 새싹이 올라오니
내 마음의 씨앗 심은 양 조금은 안도 한다.
한소끔 뽑아도 된다 하지만,
그냥 신기해 기약 없이 기다린다.
휴- 하고 떡잎을 털고 올라와 따뜻한 봄 햇살에
기지개 켜며 마음껏 자라는 새 생명들,
그저 쳐다만 봐도 싱그럽다.
천천히 커도 된단다.
웃자라면 나처럼 덩치만 크지.
속은 비어 여기저기 안 아픈 곳이 없단다.
그래도 너를 매일 볼 수 있으니
마음의 병은 없단다.

오늘은 시인이 되어 본다

새 생명 탄생시키는 자연,
눈에 다 담기 힘든 자연,
계절마다 주는 아름다움.
눈으로만 보아도
가슴 깊이 담긴다.
바라만 보아도
그저 황홀하고 흐뭇하다.
너무 빼어난 자연 앞에
털썩 주저앉아 즐겨본다.
아침이면 안개 뽀얀 산사
동트며 햇살 내리는 아름다움은
경이롭기까지 하다.
햇살 머금은 나뭇잎과 이슬빛
계곡물과 짙은 짙푸른 바위 이끼까지
온갖 색채와 냄새와 소리가 어우러진
아름다운 자연풍경을 보면
이 승려는 염불을 그치고
시인이 되어 시를 읊는다.

홍인이 고등학교 입학식 날

옷깃 한번 스쳐도 무량한 영겁 인연이라더라.

잠시 찰나로 왔다 가는 인연도 많지만,

너와 나는 한세대에 태어나 오늘 이렇게

고등학교 앞을 서성이는 기다림의 인연이다.

얼마나 귀한 인연일까.

반짝이는 눈망울 굴리며 빠이빠이

초등학교 입학한 날이 어제 같은데,

오늘은 작은 내 어깨에 손을 얹고 안아주며

"잘 다녀올게요."

어디 멀리 가는 것도 아닌데, 가슴이 멍하다.

항상 너의 그리움으로 싹을 틔워

대중 스님들이 정성을 다해 키운 예쁜 얼굴

해맑은 너의 눈동자가 천상에 핀 우담화(優曇華)* 비추는구나.

탐욕 번뇌 망상 모두 벗어놓고 살다 너를 만나니

좌충우돌 대중 스님들 정신줄 놓은 것이 아직인가.

---

* 우담바라의 꽃. 산스크리트 우둠바라(udumbara)의 음역. 불교의 경전에는 '우담
바라'가 3000년에 한 번씩 피어나는 꽃으로, 석가여래나 지혜의 왕 전륜성왕(轉輪
聖王)과 함께 나타난다고 적고 있다. 따라서 우담바라는 흔히 '부처님을 의미하는
꽃'이라 하여 상서로운 징조로 받아들여졌다. 일상에서 아주 귀하고 드문 일을 비
유하기도 한다.

너만은 놓을 수가 없구나. 어쩌면 좋니? 허허 참…
대중 스님들, 승려가 새끼 생기니 성불은 서산에 걸렸구나.
홍인 동자, 빨리 커서 서산에 걸린 성불 좀 잡아 오소.

필희 처자

불가의 인연 아니 속가의 인연 지나간 많은 세월.
나는 승려. 필희 처자는 승무(僧舞)*보살.

하늘과 땅
산과 못
불과 물
우레와 바람

팔괘(八卦)**의 자연현상 통해 천지를 움직인다.

불자로서 육바라밀의 공덕 상황을 빠뜨리지 않고 세밀하게 몸에
실어 춤으로 표현하기가 어찌 쉬우랴. 춤을 출 때 행복해 보이는 필희
처자, 지금 칠십이 넘은 연세에 혼을 담은 몸 사위는 처자 소녀다.

번뇌에 빠진 중생들 영혼까지 몸에 실어 몸짓으로 표현하니 법계
가 따로 없다. 사뿐사뿐 내딛는 버선 발걸음 부처님 전에 향하고, 두
손에 마주 잡은 금빛 바라 쟁쟁쟁 서로 비비며 천상에서 만나자고 길
을 열어 주네. 하늘과 땅 삼천대천세계 모든 중생 번뇌의 몸짓 담아

★ 고깔과 장삼을 걸치고 두 개의 북채를 쥐고 추는 민속춤.
★★ 중국 상고 시대에 복희씨가 지었다는 여덟 가지의 괘. <주역>에서 세상의 모든
현상을 음양(陰陽)의 조합을 통해 여덟 가지의 상으로 나타낸 ☰[건(乾)], ☱[태(兌)],
☲[이(離)], ☳[진(震)], ☴[손(巽)], ☵[감(坎)], ☶[간(艮)], ☷[곤(坤)]을 이른다.

보살님의 지극한 마음 전하는 필희 처자. 눈부신 자비의 경지 세계로
날아가 무심(無心) 정각(正覺) 이루는 영원한 대중 스님들의 스타.

　필희 처자, 승무 바라춤 공덕으로 무병장수하시고 부디 행복한 날
만 가득하소서.

그 자연 속에

봄 짙은 향기 품으며
산사 주변을 연녹색 빛깔로 온통 치장하고
절집 대중 스님들 마음을 조금씩 흔들더니,
오늘은 붉은 꽃 머리에 꽂고
황홀한 자태를 보이는구나.
너무나 빠르게 지나가는 계절의 시간
그 자연 속에 같이 숨 쉬는 대중 스님들.
푸른 녹음으로 물든 산처럼 청정하게
수행하는 마음자리 흔들지 말라.
그 화려함도 진한 향기도 덮어두어라.
이 승려의 마지막 남은 화현으로 장식하는
이 봄이 대중 스님들 숨 막히도록 향기롭단다.
때론 지나가는 시간이 너무 안타까워
시간이 멈춘 시간 속에 긴 시간 앉아
너를 보는 것은
좌선하며 선정에 든 것이란다.

자식 자랑

자식이 있어 자랑, 학교 가니 공부 잘한다 자랑, 좋은 자리 취직해 돈 많이 번다 자랑, 뽐내며 자랑만 하던 보살님 얼굴이 오늘은 울상.

"왜 그러시오? 무슨 일이라도."

"아이구, 스님. 어쩌면 좋을까요? 우리 아들 공부하느라 키가 안 커서요. 장가 못가 아직 혼자 산 다우. 이제는 키를 키울 수도 없고… 선만 보면 퇴짜맞는다 하니, 평생 출세하라고 기도했더니… 스님, 출세보다 더 소중한 것이 짝을 만나는 인연입디다."

"그래요, 그저 자식은 옛말에 애물단지라 하잖소. 닥쳐온 지금을 원망하지 마세요. 좋은 방법 있으니 또 기도하세요. 지금부터 눈높이 아닌, 코 높이 맞는 인연 만나게 해주시라고 기도하세요."

옆집 아들 장가가니 부러우셨구나.

공부는 조금 못해도 훤칠하니 잘생긴 놈이라고 자랑 한 번 않던 보살.

중생들의 삶 다 그런 거지 뭐.

그저 이래도 감사 저래도 감사하며 신행 생활합시다.

자랑은 혀가 만든 것일 뿐.

나다, 너다… 분별없는 승려가 상팔자구나.

다급한 전화 목소리

"스님, 저희 어머니께서 오늘 넘기기 힘들 것 같습니다…"

전화기 너머로 울음을 터뜨리는 선주화 보살님.

언제나 절에 오시면 고생만 하시던 우리 친정어머니,

평생 좋은 옷 맛난 음식 한 번 배불리 못 드시고

자식 위해 일만 하시고 정안수 떠 놓고 새벽이면 기도 하시던 우리

어머니…

넋두리하며 엉엉 웁니다.

"보살님, 정신 차리시고 어머니 손 꼭 잡으시고 나무아미타불 많이

염불하세요. 대중 스님들 어머니 임종계 염불하러 가겠습니다."

전화 끊고 지장보살님께 기도드립니다. 지장보살님, 자비 인연 고

루지어 온갖 선행 모두 쌓고 고해 중생 남김없이 모두 구원하시고자,

성불을 뒤로 미루시고 크신 원력 세우사, 늘 저희 영단을 지켜주시는

지장보살님. 그 곁으로 또 한 분의 영가님이 찾아 뵙길 원하십니다. 부

디 불가의 인연 깊으신 큰 따님 사위 원을 들어주소서.

기도 올리고 장례식장 달려가 염불하고, 다음 날 다시 영가님 염식

하는데, 어찌 그리 깨끗하고 환하게 웃는 모습이신지. 고금천지 좋은

집 찾아가시는 모습 같았습니다. 아니, 극락으로 가시는 길 극락 문

열어 봄빛을 자랑하는 매화꽃처럼 볼그레 연지곤지 화장을 하고, 아

미타 부처님 맞으실 준비 하시는 보살님 모습 같아, 대중 스님들 놀랐

습니다.

연화꽃으로 이불 삼으시고 지그시 눈을 감고 누워 웃으시는 모습. 마치 천상의 화현을 보는 것 같았습니다. 어찌 그리도 평온하십니까. 만물도 소생하기 어려운데 그 어려운 살림살이 속에 하루하루가 지나가듯 사람 목숨도 그와 같다고 하지만, 고생 많이 하신 얼굴이 아니셨습니다. 그만큼 너무나 밝은 모습에 이 승려는 또 깨달았습니다.

재물도 자식 위해 아껴 마련하고, 안 먹고 안 입고 아낀 것 모두 자식 입에 넣어주고 입혀주며 도를 닦으셨구나. 욕심 없이 사신 분의 얼굴은 이리도 맑구나.

그래요, 죽어 영혼을 놓으면 세속적인 권속들과 권력도 어쩔 수 없다지요. 강물이 흘러 흘러가면 다시는 돌아오지 못하고, 한번 맺은 인연 영원할 줄 알았지만, 끈질긴 인연 사람 목숨 또한 한번 가면 돌아오지 않다는 것을… 좋은 곳에 편히 가신 모습에 울음보다 환희로 극락왕생하시리라.

슬픔에 빠진 가족들 어머니 평정한 모습 보고 눈물 뚝 하고 밝은 모습으로 수의 입혀주신다. 신통력을 가지신 영가님이 분명한 것 같다. 힘든 삶의 여정은 하나도 가져가지 못하니 이승에 모든 힘든 사연 놓고 홀연한 영가님 모습에 다시 한번 고개 숙여 축원합니다. 사바세계의 중생들 고난에서 구하시고 확신을 가지고 법 베푸신 아미타 부처님, 그 공덕과 영험하신 도량으로 영가님 청하고자 합니다.

부디 사십구 일 동안 모셔두고 조석으로 청하려 합니다. 보살님의 지극한 마음으로 오직 자식만을 위해 살아오신 영가님. 그 공덕 증명하여 극락 왕생하시도록 대중 스님들 축원합니다. 극락왕생하소서.

님의 향기

날씨가 싸늘하기만 한 이른 봄
아직 내복 입고 누비 적삼 주머니에 깊숙이 쑥
손 집어넣고 봄을 기다린다.
나만의 낭만을 즐기고 싶어서일까.
승속(僧俗)* 모두 봄 향기 좋아 기다리는 것일까.
아니, 이 승려는 봄 향기 뒷짐 지고 한 걸음 한 걸음
보폭 맞추며 홀로 님의 향기 찾아 걸어가는 것인지,
봄 향기 찾아가는 것인지…
어디선가 그윽한 향기나
헉헉거리며 걷는 나이에도 수행자는 수행자구나.
진여의 향기, 님의 향기 맡는 것 보니
아직은 청춘의 승려이구나.
법당에 핀 난꽃 활짝 피어
님의 향기 공양받으니
이 승려, 삼존께 큰절 삼배 올립니다.

* 승려와 속인

춤추는 호수

경치 좋은 곳을 찾고 싶어
아침 일찍 걸망 하나 메고
가장 아름다운 곳 찾아 길을 떠난다.
단 한 가지 목적으로 걷다 보니
아름다운 호수를 만났다.
잠시 호숫가 풀밭에 앉아
물길은 어디까지인지 가늠하지 못하고
자꾸 높은 산만 쳐다본다.
내가 찾는 선인들은 어디에 살고 계실까?
높은 산골짜기 무대 삼아 춤을 추는 호수
반짝이는 햇살 조명 삼아 일렁이니 아름답기 그지없다.
서서 보는 물빛 다르고
앉아서 보는 저 호수는 잔잔하기만 하다.
갈망하는 이 승려 마음 호수 위에 띄운다.
어디선가 이름 모를 바람 머물더니
너울너울 춤을 치며
반야 용선 타고 가는구나

초하루 기도

명산 절 찾아온 보살들
초하루 기도 큰 소리로 염불 동참하며
삼라만상 다 일깨워 부처님 경전 외우더니,
이제는 집안 식구 온갖 소원 모두 축원하며
일상 법계 통달한 듯 속세의 축원 염불 소리.
오늘은 염불 잔치구나.
언제나 조용하던 사찰,
대중 스님들 염불 소리에 잠자던 새들 모두 날아간다.
큰 눈 부릅뜨고 큰 입 벌려 읽는 경전,
속세의 묵은 사연 대중 스님들 대신 시원하게
부처님 전에 고하셨으니 초하루 기도 한번 잘했소이다.
다음 달 초하루는 또 어디로 가시려나.
명산 절 스님 외출하시고
고목(古木)만 절을 지켜야겠구나.

자연으로

푸른빛 출렁이는 솔숲

천천히 걷다 보면

작은 생명체 다람쥐 줄지어

소풍 나들이 하는 모습.

속세의 번잡한 마음이 괴롭다면

자연이 선사하는 부드럽고 아늑한 경관

언제나 그리워하는 것이 자연이라면

여유 한번 내시어 산사로 오소서.

깨끗한 공기, 계곡물 소리, 운무에 싸여 구름에 뜬 산사.

새소리, 바람소리, 풍경소리 화음으로 하나 되는 산사.

작은 꽃들까지 자연을 알리는 산사에서

큰 숨 한번 내쉬면서 숨 고르고 주변을 둘러보면

내가 원하는 자연이 멀리 있지 않다는 것을 깨닫고,

속세에서 잃어버린 몸과 마음의 여유 되찾으시면

불심으로 승화된 양식을 되찾게 됩니다.

그리고 살아가는 이유도 되찾는다면 행복도

자연과 더불어 함께하면 자연스럽게 행복해집니다.

마음 빈자리

화두 놓고
무심으로 보는 텅 빈 마음속에,
끊어질 듯 이어지는 번뇌
여유 없는 수행자 마음
다 비운 듯하면서도,
아직 비우지 못하고
미워했던 마음
집착했던 마음
한자리 남아 이리저리
마음 달래며 걷고 있다.
오염되지 않은 청정 도량에
이 마음 다 풀어 놓을 수도 없고,
금강계단 돌 밑에 묻어두어도
공(空)도 유(有)도 둘이 아님을 깨닫지 못하고
눈감고 귀 막아도 생겨나는 번뇌.
삼라만상 진여의 화신
마음 가득 다 채우지 못하고
오늘도 빈 마음 티 없는 마음 찾아
홀로 걸어갑니다.

새참 먹자

봄 햇살 등에 지고
한 뼘만 한 돌밭 일구며
호밋자루에 부딪히는 돌소리,
코로 염불하는 흥얼거리는 소리.
남이 들으면 무슨 귀한 수석이라도 캐는 것처럼
온 힘을 다해 낑낑거리며 잘도 찾아낸다.
법연 스님과 은사 스님
뚱뚱한 몸매 살이라도 빠질라,
열심히 가마솥에 불 지펴 감자 찌는 냄새.
굴뚝에 연기 모락모락 피어오르니
하루 종일 골 타던 밭 그대로인데
참이 먹고 싶어.
연분홍 꽃 심어 꽃동산 만든다고
하루 종일 갈고 닦은 것이
새참 감자한테 밀려
배 툭 튀어나온
포대 화상만 남아있구나.

지식과 지혜

· · ·

오늘을 기억하기 위해
사진으로 글로 남겨 본다.
오늘은 어제와 다르고
어제와 오늘은 같은 마음.
순간마다 찾아오는 변화
형상이 없다는 걸 알면서도
자꾸 눈으로 찾으려 한다.
새로운 변화마다
과정이 형상으로 보이진 않아도
지나고 나면 허한 마음 들 때,
그때는 늦었는데…
지식은 기억으로부터 온다지만,
나이가 들수록 내 안에 지혜가 쌓여야
내 안에 있는 법을 안다는 것을
이제야 알까.
지식은 입으로 허공에 쌓고
내 안에 남은 작은 지혜 잘 챙겨
마음자리 중심에 두고,
나의 본마음 본래의 자리
승가에 귀의하며…

낙동강 소풍

낙동강 문득 보고 싶어
사과 하나 걸망에 넣고
오랜만에 나들이 소풍 갔다.
강나루 터 숲속 정자 같은 한옥 담장 밑에
이미 봄기운이 완연하여 꽃이 피고,
저 멀리 낙동강 물은
하늘과 맞닿아 푸르고 고요하며 평화롭다.
물새들은 물 파장을 내며 즐기는 오후,
봄을 맞은 버드나무 흰 솜털 눈송이 만들어
강변 나무들 서리처럼 감싸 안고 파란 싹 틔우는구나.
가까이 갈수록 연두색 짙어도 꽃가루 재채기 덕분에
머지않아 다시 한번 방문해야 할 것 같다.
너의 싱그러운 물풀 꽃향기
가슴 깊이 담고 싶어 다시 올 것 같다.
그때 솜털 다 날아간 뒤
향기로 날아와 전해주렴.

기도하는 마음

산사 발길 닿는 곳
보이는 모든 사물 형상
이름은 몰라도 곳곳마다 기도처.
이름 모를 꽃들 활짝 피어
눈웃음치며 파도치는 내 마음속에 들어와
저절로 잔잔하게 잠을 재우니
어찌 기도 하지 않을 수 있으리오.
스님의 염불 소리, 새소리가 끊이질 않으니
어찌 천국 같은 극락에서 기도하지 않으리오.
진정한 기도는 종교도 초월합니다.
간절한 진심이 담기면 그것이 기도다운 기도.
순간순간 일어나는 간절한 소원 놓으시고
잠시 앉아 자연과 함께 산사에서
숨 한번 크게 들이쉬고 내쉬어보세요.
당신의 영혼을 맑게 하는 것도 네 마음에서
잠시 말없이 침묵하는 것도
참 좋은 기도랍니다.

육십 년 넘게 살아보니

사람 몸 받아 한번 왔다가는 삶

무엇을 그렇게 힘들게 살려고 할까.

편히 사는 법도 많은데.

이 나이 먹도록 살아보니 터득한 것이 있다네.

잘 사는 방법, 편안히 사는 방법 말일세.

혼자가 아니라면 상대의 마음을 헤아리며 언행을 조심해야 하네.

요란하게 소리 지르거나 일방적으로 행동해서도 안 된다네.

충분한 대화로 서로 이해하며 노력해야 하네.

두 개의 존재가 하나 됨이 어찌 그리 쉬우랴.

내 마음속의 작은 화라도 절대 남겨서는 안 된다네.

내가 나를 다스리는 것.

그것이 삶의 지혜이자 깨달음이 아닐까.

불교에서는 근본적으로 현실이 절대적이지요.

마음의 눈을 뜨고 내 안에 있는 나를 잘 다스리는 것.

그것이 현생에서 극락을 사는 방법이라네.

지금 자기가 살아 숨 쉰다면

살아 있는 것에 감사, 또 감사하소서.

산사 깊은 골짜기 졸졸졸 흘러가는 물

생명의 감로수 좋은 인연 간직하고

집착은 흐르는 물에 버리소서.

언제 해탈하려나

살아 숨 쉬는 모든 생명
적이 없을 수 있으랴.
밤새 모기 한 마리 덕분에
귀한 시간 다 보내고 낮에 졸고 있는 승려.
살생하지 말라… 참 힘든 밤이었다.
작은 모기 떼와 파리 떼가 큰 사자를 이기고
물속의 작은 거머리가 큰 코끼리와 물소를 이긴다지요.
하늘의 매는 비를 이기지 못하고
이 수행자는 모기를 이기지 못한다.
밤눈 어두워 앵~ 하는 소리 따라 움직이는 마음.
언제 해탈하려나. 밤새 염주 돌려도
중심에 있던 마음 어디 가고 모깃소리만 들리니
허허, 참… 밤새 염주 알만 달았구나.
오늘은 부처님 향 대신 모기향 피워 놓고
살생하고자 하는 마음 버리자.
해탈한 것처럼.

오온(五蘊)*은 살아있네

매일매일 먹는 밥.

먹고 나면 마음이 편하고 밝아진다.

아침 먹고, 돌아서면 점심 먹고

또 돌아서면 저녁 먹고…

이런 시간은 어김없이 배꼽시계 울린다.

절도량에서 천상의 감미로운 소리는 듣지 못하고

뱃속 꼬르륵거리는 소리는 귀에 잘도 들린다.

코는 또 어떤가.

공양간의 맛난 음식 냄새는 혼을 부르는 냄새.

힘이 없던 몸은 날개 달아 성큼성큼

코를 앞세우고 공양간으로 발걸음을 재촉한다.

법당 갈 땐 천천히 여여하게…

하지만 이것이 나의 실체.

화살촉이 뒤에 따라오는 것처럼

후다닥 숨도 안 쉬고 앞걸음 뒷걸음 할 것 없이

나를 빨리 움직이게 한다.

---

* 구역(口譯)에서는 오음(五陰)이라고도 한다. 온이란 곧 집합·구성 요소를 의미하는데, 오온은 색(色)·수(受)·상(想)·행(行)·식(識)의 다섯 가지이다. 처음에는 오온이 인간의 구성요소로 설명되었으나 더욱 발전하여 현상세계 전체를 의미하는 말로 통용되었다.

늙으면 잠도 준다는데

육십이 넘어 한 끼도 줄일 수 없으니

허허, 참… 어찌 성불할꼬!

내 마음 안의 모두

자연현상은 그 위력이 대단하다.

나에게 기쁨과 사랑과 이별을 알게 하고 느끼게 하는 존재다. 그리고 극단적인 생활환경 변화 또는 강력한 자연이 주는 끔찍한 경험을 겪게도 하는 존재다.

이런 자연현상의 위력에 대한 두려움도 믿음의 신상이 크기에 극복하는 것 같다.

가족이라는 공동체 생활 속에 종교 의식적 믿음만 잘 유지한다면 자연이 핀 아름다운 꽃을 보면 눈가, 입가에 살랑살랑 찡긋찡긋 살포시 머물러 피어나지 않을까. 그 행복을 알고 느끼게 하는 것이 종교의 역할 아닌가.

인간에게 정신적인 위안, 느낌, 깨달음, 정신의 순환을 돕는 불교. 괴로움과 두려움에서 벗어날 수 있는 용기를 북돋아 자신을 정복하게 돕는 불교. 내 마음 안에 모두 있다는 자아 본성이 불교의 진리. 행복과 안정 속에 광명의 진리 신천지로 인도하는 불교의 길, 부처님 자비 광명만이 밝게 비춘다.

인간으로 태어나 불성을 얻어 출가하여 일상생활의 고통에서 벗어난 세월. 노을 지는 석양 앞에 혹 마음의 찌꺼기, 후회의 눈물이 한 방울이라도 남아있으랴. 나의 마음, 부처님 광명으로 비추어 성찰해 볼 수 있는 유일한 종교, 불교이다.

녹차 한 잔

• • •

비 오는 봄날,

창가에 빗방울 톡톡 떨어져 흘러내리니

왠지 따뜻한 차 한잔하고 싶다.

다관에 물 끓이니 끓는 소리가 처마 끝 낙수 소리 같아

어제의 일어난 번뇌와 망상

마음에서 뚝뚝 떨어져 사라지고

다실 가득 녹차 향이 진하다.

비 오는 봄날,

도량 가득 운무에 싸여 더욱더 향이 진하다.

한 모금 한 모금 목으로 넘어가는 차 우린 물

가슴까지 따스히 적시니

속 깊은 곳에서 달콤한 차 맛을 혀끝에 다시 남긴다.

차 마실 때는 몰랐다.

이렇게 달콤한 향기가 있다는 것을.

차 담겨 있을 때는 몰랐다.

빈 잔에도 그윽한 차 향기 배어있다는 것을.

빈 잔에도 향기가 남아 나를 비우게 하는 것을.

아, 해묵은 내 육신을 녹여 이렇게 깨끗한 향기

목줄 타고 올라 올 줄이야.

몸속 깊은 곳에 녹차향기 감로차로 담으니

빈 마음 차 향기로 가득하구나.

내 이름은 탄공 법명도 탄공

'탄공'이라는 법명을 지어주신 나의 은사 큰스님.

"스님~" 하고 지금도 부르고 싶은 큰스님.

법어 생각만 해도 가슴이 뭉클하고 찡하게 저려옵니다. 가슴 깊은 곳에 아직 여운이 남아 오늘도 혼자 가슴으로 불러봅니다. 일평생 중생만을 위해 몸 바치신 우리 큰스님! 그립고 보고 싶습니다. 나도 나이와 함께 철이 드나 봅니다.

새벽마다 야외 약사전(藥師殿)*에 지극지성(至極至誠)으로 중생들 잘돼라, 우리 신도들 잘돼라 기도하시던 큰스님의 깊은 은혜와 사랑. 여래의 밝은 빛으로 내 가슴에 남아 오늘도 두 손 합장하고 불러보는 우리 큰스님.

"탄공-" 하고 불러주시던 우리 큰스님. 자비의 사랑으로 극락에 계신 우리 큰스님.

탄공 법명 늘 자랑스럽게 생각하고 큰스님이 주신 큰 법명 영원히 간직하겠습니다. 늘 불러도 정겨운 법명 탄공, 그 참된 의미로 거듭나는 승려 탄공으로 실천 수행하며 첫 마음 낼 때 첫 법문, 그 마음으로 살겠습니다. 극락왕생하소서.

* 약사여래불을 봉안해 놓은 사찰의 불전 가운데 하나. 약사여래(藥師如來)는 중생의 모든 질병을 치료해주고 고통을 없애주는 여래불로 동방유리광세계를 관할하는 부처이다.

세월만큼 긴 묵상

어둠은 환히도 열려 밝게 창이 열린다.

여태껏 이렇게 저렇게 핑계만 대고 살아온 세월,

늘 어둠에서 더듬거리던 어설픈 세월,

아침이 되면 모든 시름 모두 다 잊고

밝은 여명과 함께 신나게 움직이던 세월,

저녁이면 하루 일이 희미하게

낮 그림자처럼 사라져 버린 세월,

매일 아침 비가 오나 눈이 오나

내 모습 내 마음 시원한 물 한 잔으로

밤새 지친 육신 긴 묵상 고요를 깨운 세월,

여명이 밝아지면 돋보기 찾아 눈앞에 대고

아침을 맞이한 세월, 긴 여정 망각의 여로에 서서

빈 마음 빈손이 부끄러워 엎드려 한동안 침묵 속에

번뇌 망상과 싸우며 살아온 세월…

부끄럽지만 이제야 고백한다네.

눈멀고 귀먹고 나니 이제야

진여의 밝은 미소 보이고

자비로운 사랑의 음성 마음으로 들리니

허허로운 빈 마음 가득 채워진다.

이제야 지는 붉은 노을 아름답게 보이는구나.

깨달음을 아는 부부

남달리 그림을 잘 그리는 부부.

두 분 키가 크고 잘생기고 예쁜 부부.

정이 유달리 많은 아주 영리한 부부.

돈보다 명예보다 가족을 우선으로 생각하며

작품에 혼을 담는 화가 부부.

언제나 최선을 다하며 몸에 열정 담은 미술학원 원장 부부.

내로라하는 화가 뒤로하고,

후학들의 미술 학업 중요하다며 열정으로 삶을 엮어

자기 마음에 떠오르는 상이나 아름다움을 표현하는 부부.

정열적인 표현, 정서적인 자기표현,

그리고 인내심으로 완성하는 자기의 키움이 중요한 부분이라고

학업에 열정을 쏟는 부부.

이른 아침 자식 학교 보내랴 학원생 수업 준비하랴,

각자 새벽을 가르는 부부.

바쁜 일과지만 태양이 떠오르면 멋스럽게 여유 있게

차 한잔 마시며 하루 일과 논의한다는 정다운 부부.

언제나 여래의 사랑 스님들의 관심과 기도 속에

신행을 잘하고 있는 젊은 부부.

저마다 생각이 다르고 반짝이고 화려한 생활도

잠깐의 희로애락이라는 것을 아는,

요즘 젊은이들 같지 않은 지혜로운 부부.

달이 아무리 어둠을 밝히는 것 같아도

밤빛은 어둡다는 사실을 아는 부부.

주변의 유혹, 번뇌, 망상 버리면

당장 내일 어김없이 밝은 태양이 뜬다는 사실도 아는 부부.

여유 있고 행복함을 느낄 수 있는 낮 빛에

서로 웃는 모습 보여줄 수 있는 부부.

서로의 만족과 아쉬움을 넘나들며 힘들 때도 즐거울 때도

자주 산사에 와 대중 스님들께 자식 이야기 상담하며

이제 많이 컸다고 깔깔거리며 행복해하는 부부.

행복은 서로 노력하며 참고 자비스러운 마음 나눌 줄 아는

서로 배려할 줄 아는 부부.

기도할 때 행복해하는 모습 보면 부처님도 빙그레 웃는답니다.

넉넉한 마음으로 기도할 때 희망의 증거

올바른 믿음의 깨달음을 아는 부부.

가족 모두 밝은 모습 즐겁고 행복한 것도

두 분의 몫인 줄 아는 행복한 부부.

진여의 사랑 속에 오래오래 그늘 없는 밝은 빛으로

자비의 사랑 듬뿍 받는 부부되소서.

그녀의 신심

얼마나 지극한 것인지 보지 않고는 느낄 수 없다. 몸으로 마음으로 음성공양 보시 올리는 보살. 많은 불자님에게 입담으로 엮어가며 가끔은 부처님 법문다운 구절로 귀를 열게 한다. 불자들은 흔히 화려함에 잘 빠져들어 때로는 오만도 하지만, 그 차별을 두지 않고 남녀노소 평등한 즐거운 노래 음성공양을 다함으로써 그 마음 몸가짐을 바르게 갖추고 자연스럽게 열리는 입담에 대중 스님들도 박장대소한다. 그녀의 신심이 얼마나 지극한지, 벌써 음성공양 올린 지가 10년도 훨씬 지났다.

처음 산사에 와서 작은 음악회. 불자들의 메마른 불교 의식에 음성공양으로 목이 말라 움츠려 있을 때, 불자들의 가슴까지 시원하게 적셔주며 달래는 물 한 바가지 같은 마음이었을 것이다.

우리네 인생도 고비마다 갈라지는 것이 길이라지만, 흩어져 있던 불자들이 한데 뭉쳐 흥겨운 야단법석 봉축 행사의 위력에 대중 스님들도 깜짝 놀란다. 우리네 음식도 잘못 먹으면 독이 되듯이 음성공양 보시도 잘못 들으면 보잘것없는 뽕짝에 불가할 것이다. 독약으로 쓰는 비상약도 잘 쓰면 약이 되듯 시끄러운 뽕짝 음악도 진행자에 따라 법문으로 큰 보약이 되는 것 같다.

우리 불자들 모두 서로 타고난 개성은 다르지만, 봉축 날 좋고 나쁜 것이 따로 있을 수 있으랴, 온몸으로 진행하고 노래하랴 고군분투하는 보살의 모습에서 관세음보살의 모습이라 할 만큼 아름답게 진

행하는 모습 칭찬할 만하다.

누구나 마음먹기 따라 극락과 지옥이 있듯이, 오늘만큼은 극락 길에서 생각 한번 바꾸면 험난하다는 위태로운 마음, 부처님 자비 광명에 봉축의 밝은 빛으로 향할 길이 될 것이다. 봉축행사날 즐거운 시간을 마련해 놓았으니 사부대중 함께 즐기면 된다. 즐겁고 행복한 야단법석 법회에서 음성공양 진행하는 그녀는 실수 없이 잘하니 그 또한 무엇에 비유하리오.

세세생생 부처님 오신 날 봉축 음악회, 생각만 해도 가슴이 벅차 눈시울을 젖는다. 올해도 여지없이 도림사 도량에 나투실 부처님 탄생을 축하하는 한마당 법회. 헛기침하며 뒷짐 지고 입 꾹 다물고 있지 말고, 같이 흥겹게 축하하며 즐기소서.

혼자 잘난체하고 머뭇거리다가 좋은 시간 허투루 보내고 혼자 빈수레 끌고 요란하게 부처님 영접하지 마소서. 많은 불자가 덩실덩실 즐겁게 축하 파티할 때, 불러주는 그녀가 있을 때 같이 즐기소서. 즐거운 시간 흘러가고 나면 되돌릴 수 없이 행사는 막을 내린다네.

모름지기 봉축 한마당 법회 법요식에 진행을 맡은 보살 한 번 보소. 얼마나 돈독한 신심인지! 이에 마음 열고 즐거운 음성 가슴에 담아 자비의 깊은 뜻 깨달아서 단 하루만이라도 해탈하는 데 도움이 되시길 바라오.

항상 적막한 산사가 모처럼 흥겨운 봉축 법회 날, 좌우로 흔들며 끝없이 풀어내는 음성공양 보시. 아름다운 목소리와 환한 미소로 무대를 휘어잡는 그녀, 삼계가 두루 가득 울려 퍼져 마음으로 전해지니, 몸으로 나투신 관세음보살 모습이 아닐까.

환희로 채운 음성공양, 불법의 묘한 진리 깨닫는 날이 되소서. 보살님이 들려주는 음성 가슴속 깊은 곳에 진여의 마음 전해집니다. 그 마음 공덕으로 멋진 남편과 예쁜 딸까지 가족 모두 부처님 자비 광명으로 두루 행복하소서. 대중 스님들 두 손 모아 축원합니다.

산사의 아침

아직 어둠이 깔린 산사

깊은 산중 숲속에는 아직 깊은 잠을 잔다.

또로록… 또로록… 점점 커져

숲속 요정들의 잠을 깨우는 목탁 소리는

골짜기 계곡물 타고 돌아올 줄 모르는

물줄기 따라 비탈로 비탈로

사바세계로 흘러가 잠을 깨운다.

염불 소리 메아리로 천상에 울려 퍼지니,

깊은 잠에 빠진 생명들 하나 둘 깨어나

목청 가다듬는 새소리로 주변의 나무들을 깨운다.

해님도 잠에서 깨어나 나무 사이에 숨어

하얀빛 쏟아내며 그늘진 곳 빛으로 밝힌다.

밤새 묵은 어둠을 몰아내는 따뜻한 기운

모락모락 이슬 젖은 몸으로 속삭이는 아침,

밝은 빛의 여명 따뜻한 햇살로

하늘과 땅 무명의 어둠 밝히는

이런 아침, 아무도 찾지 않는 산사.

밝은 새벽 부처의 해는 빛을 더하고

염불 소리 맞추어 끝없는 생명을 깨운다.

날만 새면 해가 뜨니 바람과 공기도

서로 마주 보며 만다라로 진여의 문이 열린다.

법당 촛불

푸른 신록이 울창한 숲속
향기 풍기는 신선한 산사
추녀 끝에 아스라이 달려
바람 따라 댕그랑댕그랑
풍경소리는 바람 따라 허공으로 흩어지니,
조용한 산사 법당문 틈으로 비치는 촛불은
주인 없이도 몸을 사르며 뚝뚝 녹아내린다.
중생들 업도 다 녹아내렸으면 좋겠다.
촛농은 하얀 길을 만들어 넘실거리며
흘러내리니 문틈 사이가 아닌,
아예 법당 안으로 들어가 방석 깔고 앉아
지그시 뜬 눈으로 바라보는 촛불, 눈부시다.
밝게 아름다운 빛으로 자비의 촛불 녹아
중생들의 번뇌도 고통도 없이
백옥같은 촛농 녹아내린다.
하얀 물 만들어 밝은 빛으로 법계에 닿으니
내 마음속의 어둠도 밝아진다.
작은 불빛 등불 아래 좌선하는 승려
무심히 바라만 보아도 불법의 묘한 진리 깨닫는다.

흘러가는 암흑 같은 시간도 등 밝히니
무상정각(無上正覺)*이로구나.

* 그 위가 없는 경지의 바르고 원만한 깨달음. 더할 나위 없이 훌륭한 부처의 깨달
음을 일컬음.

이쪽저쪽 돌아보니

남은 것이라곤 빈손, 빈 걸망뿐.

저쪽 사바세계의 삶, 이쪽 승가의 삶 모두 같은 삶인 것을.

떠나온 곳 돌아봐도, 옛 그 사람

그 모습 모두 사라지고 기억조차 없다.

이쪽의 승가의 삶을 돌아보니 절집 인연 참 많구나.

키 크다고 자랑하던 노송은

홀로 서 절도량에 스님과 함께 살아가니

외로워 말아라. 만나고 헤어짐이 누구 마음이랴.

잠깐 왔다 가는 것이 인생인데, 여기면 어떻고 저기면 어떠리요.

수행하는 승려, 묵묵히 수도자의 길에서 행복하게 살아가니

눈으로 보아도 마음에 없고 귀로 들어도 마음에 없다.

노송은 소소한 봄바람에 솔방울 털어내지 마라.

불쏘시개 하려고 한 자루 쓸어 담아

공양 지으러 가는 것 보니, 승려 씨는 잘 뿌린 것 같소이다.

허허, 참… 모두가 공평하구나. 벽에 씨앗 뿌린다고 싹트겠느냐.

억겁 다생(多生) 자재(自在)하여 노송으로 우아하고 근엄하게 멋지게

매일 염불 소리 듣고 사시사철 푸르름으로 행복하면 된 것을.

스님은 홀로 이른 새벽 염불하니 상좌도 생기지만,

노송님은 스님 염불 우아하게 매일 들으시니

그만하면 태평성대가 아니오. 어서 솔잎이나 털어주소.

우리 작은 스님 불피우게~

계절이 오는 소식

눈만 뜨면 마주하는 자연 앞에 혼잣말로 아침 인사 한다.

오늘 아침 바람결에 무슨 소리를 들었니? 혹시 봄바람에 실려 온 꽃소식은 없더냐? 그리고 아침은 무엇을 먹을 거니? 밤새 봄비 온다는 소식은 없더냐?

목련 꽃나무 앞에서 자연의 교류를 통해 소식을 듣는 깊은 산중 산사의 승려, 안부 인사 하며 하루를 시작한다. 순간순간 나 자신을 빈 산사에 맡기고, 문득 한 생각 일어날 때 자연과 더불어 함께 이야기하며 벗이 되어본다.

저 싱그럽고 맑은 상쾌한 바람은 어디서 오니? 온 곳도 모르면서 혼자 즐겨도 되는지, 가시면 또 어디로 가시는지, 갈 곳 정한 바 없으면 우리 절도량에 머물러 살랑살랑 꽃바람 불어 주소서. 부처님 좋아하는 꽃 공양 올리고 싶은 이 승려 마음 간절하지만, 이런 내 마음은 보아도 볼 수 없고 형상으로도 보여줄 수 없단다.

그러나 너의 형상은 따뜻한 봄바람에 아름답게 피는 목련꽃으로 너의 면모 볼 수 있어 좋구나. 매일매일 달라지는 자연 앞에 새롭게 오늘을 시작할 때 움트려 내민 새싹 보며 늘 살아 있음을 감사한다. 나는 오늘도 불성을 너에게서 찾는구나.

허허, 나의 진면목은 어디서 찾으려나…

나이 들어 투정만 하는구나

저 높은 하늘 아래
높은 산 중턱, 고요함은 여기 다 모여
하늘과 땅 사이 허공 가득 염불 소리 울려 퍼진다.
지나온 절집 생활만큼이나 차곡차곡 쌓인 한숨
토해내며 나의 내면 깊숙이 든 마음 살피려니
이제는 눈이 어두워 더듬더듬… 혹 미혹함이 있는지
찾아보니 아쉬움만 보인다.
훌쩍 지난 세월, 바쁘다는 핑계로
여태껏 누려보지 못한 듯 허한 마음만 보이는가.
이제껏 승복 잘 차려입고 사바세계 등 돌리고
오랜 세월 하루하루를 조용한 절집에서
새소리, 바람소리 도반 되어 살아왔으면서
왜 자꾸 빈 승인 것처럼 빈 걸망에 채우려 하는가.
진여의 자비와 광명의 지혜 빈 걸망에 지고
다시 법당으로 들어가 펼쳐 놓고
후회 없는 삶, 다시 확인한다.
진여의 깊은 뜻과 깨달음 가슴 가득 채워
진여의 품에서 투정만 하던 마음
서산에 걸린 해, 노을 속에 향하나 사르며 참회합니다.

지는 꽃을 보며

5월의 초입에 들어서니
푸른 앞산 가까이 절집 뜰앞에 와 앉는다.
새들의 노랫소리와 계곡물 흐르는 소리
천상의 화음 되어 이 승려의 귀를 열게 한다.
도량 앞 울긋불긋 핀 영산홍꽃은 예쁘기만 하더니,
어젯밤 봄비가 밴 꽃향기는 골짜기 물소리 따라 흘러가셨나.
꽃잎은 지저분하게 꽃 지고 나니 부끄러워
푸른 싹이 감싸안으니 물기 머금은 잎은
청백이 따로 없어 온 도량이 청아한데,
무엇을 더 찾을 것인가.
볼 것도 찾을 것도 없는 도량에서
풋풋하고 싱그러운 향기…
자연의 조화는 천하 만물의 스승인 것을.
부질없이 불보살님께 하소연한 것 너무도 부끄러워
대자연 속에 일만 법이 있다는 것 다시 한번 깨닫고
진여의 미묘한 진리 앞에 합장하며 절합니다.
분별없는 수행자로 회향하기를 발원합니다.

꽃이 피면 결제하리다

산사 가까이 다가온 봄.

계곡물은 흘러 흘러 넓은 강으로 흘러가고,

도량 앞에 핀 이름 모를 꽃 활짝 피어

새소리, 바람소리, 절집 풍경소리 넘실대고,

조용하던 산사 이름 모를 새 떼 찾아와

뜰앞 가득 핀 불도화꽃 사이사이 앉아 재잘거린다.

새때들이 찾아와 부끄러워 고개 숙였는지

축 처진 모습이 너무나 무겁게 보이는구나.

본래부터 절집의 꽃은 봄에 왔다가 가는데

너는 어찌 빨리 가려 하니.

절집의 풍경소리와 같이 새들도 재잘거리는 화음으로

봄이 되면 어김없이 절도량에 결제하러 온단다.

너도 봄의 절집 최고의 꽃으로 도량에 핀 것이 아니더냐.

여기서 봄꽃으로 피어 결제했으니

새들 조금 시끄러워도 못 들은 척하자.

같이 공생하는 일에 무엇을 따지겠는가.

한 발자욱 움직일 때마다 봄 여름 가을 겨울

모두 다 이 도량에 있는 것을

이 승려에게도 결제 해제가 필요할까.

매일매일 결제 해제가 아니던가.

꽃이 피면 결제요, 꽃이 지면 해제인 것을.

마음속에 핀 꽃 찾는 이 누구이며

절집의 봄 소식을 말하는 이 없어도

산사의 절집 살림살이 이만하면 넉넉한 살림 아니던가.

바람 불면 부는 대로, 비가 오면 오는 대로

절도량에 봄이 오니 꽃이 피고 새가 날아들어

산방 전체 대중이 결제로구나.

시방삼세(十方三世) 일체제불(一切諸佛)*이로다.

★ 시방삼세(십방삼세)는 온 우주의 과거, 현재, 미래를 뜻하고, 일체제불은 이 모든 시간을 아우르며 욕계, 색계, 무색계에서 중생들을 제도하는 부처님을 뜻함. 과거에 있었고 현재에 있으며 미래에 있을 세상 모든 부처님을 의미함.

사부대중의 행복

수행의 지난날 뒤란을 보면, 오랜 세월 같이 살아온 도반 같은 절집 사부대중 식구들 있어 행복합니다. 매일 아침 공양간에서 눈인사만 해도 어디가 이상한지 먼저 알아차리고 챙겨 주지요. 언제나 따뜻하게 서로의 부족한 점을 채워주려 하지요.

늘 부족한 이 승려, 어쩌다 상처 난 못난 마음까지 짚어 달래어주고 병이 나면 고쳐주는 따뜻한 우리 절집 식구들 있어 행복합니다. 서로 필요할 때 말하지 않아도 힘을 보태며 빙그레 웃으며 의지하는 사부대중 동지, 아니 도반이 있어 행복합니다. 서로 밀고 당기며 알아차림으로 수행의 묘미를 깨닫고 마음을 다하는 그 마음들은 가히 모두 부처 마음이라 생각하니 행복합니다.

언제나 옆에서 늘 지켜주는 변함없는 큰 산 같은 분들, 사부대중이 함께 부처님 도량에서 수행 도반으로 살아가니 행복합니다. 젊은 날들같이 사부대중이 만난 지도 지난 수년 세월, 다시 돌아봐도, 지나온 수행의 세월 속에 안정된 승려로 자부심을 느낍니다. 언제나 부처님 품 안에서 수행의 보좌가 되어 선정 수행할 수 있어 행복합니다.

산사의 수행자로 살아가면서 다 가질 수는 없지만, 언제나 대중이 있어 넉넉한 마음입니다. 앞으로 남은 생을 다 할 때까지 후회 없이 수행할 수 있어 행복합니다. 지금 이 기쁨을 표현하려다 보면, 말보다 앞서 웃는 얼굴과 들뜬 몸짓이 먼저 나온답니다.

하하! 웃는 밝은 얼굴로 표현하니 얼마나 행복한지 승(僧)·속(俗)·

사부대중(四部大衆) 함께 살아가는 행복한 절집, 도림사 식구 모두 건강하고 행복하소서.

마음의 등불

산사의 찾아드는 새들은 나를 알아본다.

그러나 나는 너를 알아보지 못한다. 어떤 종류의 새인지도 모른다.

산사 찾아든 천지 만물이 공존하고 소생하는데, 이 승려는

눈에 보이는 것만, 관심 있는 것만 보이니 그것만 알려고 한다.

너는 나를 알고 이 스님 너를 모른다. 그저 새라는 것 외에는.

이 승려, 허한 마음 시간 때 찾아와 노래 불러주는데 말이다.

나는 반응도 없이 해탈이라도 한 것처럼 멍하니

마음 챙긴답시고 절밥만 축내고 있었구나.

생과 사의 사연을 구구절절 천상의 소리로 내는 것 보니

너는 해탈한 것이냐? 나도 너의 아름다운 새소리 덕분에

흥얼거리다 나를 챙겨보니,

나의 내면에 등불 밝히는 것을 잠시 잊고 있었구나.

너의 아름다운 새소리에 내 귀가 열려 눈을 뜨니

내 마음이 어두워 멍하니 암흑 속에 절집 밥만 공짜로 먹었구나.

아뿔싸! 매일 찾아와 그리 알려주려 한 것을, 이 어리석은 승려는

이제야 마음의 등불 밝히니 산하대지가 밝아 천지를 볼 수 있구나.

수행자의 마음 깊은 곳에 진여의 불사 도량, 천상의 새소리였구나.

이제 너를 만나면 아는 척 칭찬해야겠구나.

내일은 호두랑 땅콩 줄 테니 통성명하자꾸나.

산중에 살다 보니

잡풀이 거대한 밀림같이 키대로 자라

한 치 앞을 볼 수 없이 밀식되어 하늘하늘

이름 모를 잡풀꽃이 흔들려

궁금을 자아내 풀을 해치고 가보니,

풀숲 사이 둥지를 튼 작은 새 가족이 살고 있다.

작은 알을 두고 어디 가고 없어 찾다 보니

믿기지 않지만 또 한 가족이 둥지를 짓고 있다.

자연의 숲은 많은 생명을 품고 환경을 거스르지 않는다.

봄이 가고 여름이 와도 푸르고 푸른 산사의 주변

아름다운 산세 멀리서 보면 아름답지만, 속을 보니 정말 경이롭다.

풀잎에 아슬아슬하게 매달려 집을 짓고 알을 품은 산새들.

자연은 모든 생명을 어울려 살게 하는 힘,

공존과 나눔을 아는 것 보니, 불법의 진리를 터득한 것이냐.

난 두 발로 잘 닦인 길 걸어가면서도 비틀비틀 엎어지려 한다.

이 나이 먹어도 아직 너를 지켜주는 방법,

서로 공존하는 법을 모르니 말이다.

오늘 밤, 비바람 친다는데 스님이 할 수 있는 것은

향하나 사르며 너의 가족 무사 기원뿐이다.

부디 무사 하거라. 오늘이 지나면 좋은 날 이란다.

수행자의 희망!

오늘도 두 손 모아 기도합니다.
눈앞의 연달아 일어나는 사연이 아니라,
진정한 수행자의 수행하는 진여의 마음으로
마음 열고 진여의 밝은 광명의 빛을 담아
따뜻한 가슴으로 두 손 모아 합장 발원합니다.
이 큰 육신을 가졌지만,
듣는 귀는 있어도 정확히 이해하는 귀가 없고
먹는 입은 있어도 제대로 말하는 입이 없습니다.
중생과 서로 교화할 수 있는 몸을 얻고
지혜의 눈으로 볼 수 있는 마음 밝히려
오늘도 기도합니다.
맑은 새벽 깊은 산속 산사에서
산보다 더 큰 희망의 꿈!
그 속에서 나를 보며
마음의 등불을 밝히며
두 손 모아 기도해 봅니다.

산사로 가는 길

. . .

봄이 되면 이름 모를 꽃들이 만발한다.
산사로 가는 길, 꽃향기에 흠뻑 취한다.
여름이면 녹음 짙은 숲 푸르게 울창하여
새소리에 흥얼거리며 걸음도 가볍다.
가을 되면 곱게 물들인 나뭇잎에
지나온 사연 적어 책 한편에 묻어두고
훗날 지금의 이 순간을 마음껏 즐겨본다.
겨울이 되니 하얀 눈 반짝반짝 눈부신
보석 같은 눈이 내린다.
밀려서 살아가는 우리 내 인생
타인의 삶처럼 살아가는 내 인생
잠시 내려놓는다.
나 자신의 삶, 잃어버린 나를 찾아드는 길,
대자연의 소리 들으며 걸어 걸어 마음 정화한다.
말없이 천천히 걸음걸음 딛으며 숫자 세며
산으로 산사로 여유롭게 걸어가 본다.

햇빛 내리는 날

해가 뜨면 해가 내 안 몸속으로 따뜻하게 앉는다.

봄바람 살랑살랑 불어와

내 안으로, 내 품으로, 내 적삼으로 들어와 안긴다.

저 높은 하늘에 날개가 없어도

하늘 높이 떠 있는 해는 신비롭다.

숲을 지나며 어쩌다 햇살이 눈에 들어오면

찡긋하며 두 손으로 가려도 잠시 멈출 뿐,

햇살은 잠시 숲속으로 몸을 숨긴다.

온 세상 불을 켜지 않아도

햇살 등(燈) 하나로 온 세상을 밝게 비추니,

나의 가슴 따뜻한 햇덩어리 안고

산을 올라 산사의 길을 걸어가 본다.

햇살에 달아오른 가슴 헐떡이며

산사의 시원한 물 한 바가지 정신없이 꿀꺽꿀꺽 마시고,

더운 몸 숲속에 앉혀두고 넋 잃은 듯 자연의 순응자로

지친 영혼을 달래니, 극락이 따로 없구나.

산사의 새벽

사바의 세계 속에서

희로애락도 모르는 수행자의 삶이다.

세상사 마음 끌리는 것 없이,

자신에게서 찾아가는 즐거움

그 깨달음을 찾는 수행자.

바람 부는 새벽녘 산사,

땡그랑땡그랑 풍경소리 벗이 되어

스님 처소 가득히 향 내음 그윽한,

침묵만이 흐르는 모두 잠든 시간.

밖에는 바람이 자꾸만 불어 풍경소리 요란하다.

어디서 온 바람인지

또 어디로 또 가는 바람인지…

조용한 산사의 자연적인 생,

삶 가운데 앉아있는 수행자인 것 같다.

홀로 수행정진 하여도

오늘은 살아있음을 깨닫게 하니

둘이 아닌 하나, 반야의 지혜로구나.

오솔길에서

산사의 들리는 모든 새소리는 화음이 극치에 도달한다.

풍경소리 솔향 스치는 그윽한 자연의 향기

신선하고 상큼한 맛 아름다운 추억의 소리

부지런하면 모든 것이 풍족한 산사의 생활,

그저 스쳐 가는 바람도 부처님 설법으로 들린다.

자연의 설법을 느끼며 포행하는 오솔길은

나 자신이 만든 행복이다.

어떤 이들은 복 있는 사람이 하늘에서 떨어지는 줄 안다.

그러나 그렇지 않다. 부지런히 자신이 만들어 가야 한다.

그러기에는 복은 받는 것이 아니라 짓는 것이니

인연의 복도 마찬가지다.

어떤 인연을 맺느냐에 따라 운명의 복도 달라진다.

우리가 원하는 복은 과연 다 이룰 수 있을까?

이루어진다고 해서 좋은 일만 있을까?

그저 노력하고 최선을 다할 뿐이다.

어리석은 사람은 눈을 감고 어둡다고 소리치지만

참된 사람은 진여의 빛에 눈뜨고 자기 스스로 변화한다.

세상에 맞서서 삶을 통해서

물질적인 것이 공이고 공이 물질적이라는 사실을 알아야

행복을 주는 복을 만나니

참된 수행자로 한불한발 걸어본다.

꽃 피는 봄

• • •

봄꽃이 피기 시작하면 산사에 찾아드는 불자님들,
그냥 절 한 바퀴 돌면 끝이다.
푸르고 푸른 산사에 부처님 뵙고
스님들 찾아오면 좋으련만.
부처님은 금빛 옷을 입고 중생들을 기다리신다.
스님들이 삭발하고 깨끗하게 먹물 옷 입고
기다려도 불자님들 합장 한번 안 하지만,
스님들도 실망하지 않고 수행 정진한다며
불자님들이 오든 말든 관심 없다.
금빛 광채 부처님 용안 한번 자세히 보시라.
아름다운 미소 그윽한 눈빛에 반할 만도 할 텐데
어찌 그리 불쑥 법당에 들어와 고개만 끄덕끄덕
몇 번 하고 복을 주네, 안 주네… 평하기 바쁘다.
꽃 피고 새 노래하는 산사의 봄, 오시거든 부디
부처님 금빛 용안 뵙고 멋진 스님들과 인사하고
산사의 시원하고 맑은 물도 한잔하면서
여유와 낭만으로 힐링하고 가소서.

여름이 오면

산사에서는 장마 준비 바쁘게 미리미리 잘해야 한다.
산사태 계곡물 등 산사 주변 물곬* 틔우기 등 스님들은 바쁘지만
산사의 주변 대자연은 녹색 짙은 색으로 물들이기 바쁘다.
작은 나무는 물을 좋아하니 쑥쑥 빗물을 먹고 크니 말이다.
사람은 비가 많이 오면 습해서 힘들어하고
햇볕이 강하면 너무 뜨겁다고 힘들어한다. 그럴 때면
푸른 잎 가진 나무 밑으로 숨어들어 휴식을 취한다.
나무는 사람이 찾아들어도 싫다 좋다 말없이
짙은 녹색, 상큼한 향기를 빗물에 녹여
온 대지를 푸른빛으로 물들이는구나.
천지 만물 가운데 내가 살고 있으면서
어찌 사사로이 빗물이 싫다고 하겠는가.
파란 낙엽 하나도 자연의 일부이자 하나의 근본임을,
낙엽 하나 떨어지는 것도 분명히 자연의 원리임을 배우며
올 한해 수마 피해 없이 미리 준비한다.
다만 천지 만물을 어찌 이 중생이 바꿀 수 있으랴.
비워도 비움이 없고 채워도 채움이 없듯이,

* 물이 흘러 빠져나가는 작은 도랑.

해가 져야 밤이 온다는 것을
밤이 되면 달이 뜬다는 것을
대자연이 불법을 강론하는구나.

부처님은 늘 우리 곁에

오색 빛이 찬란한 5월, 부처님 오신 날.

봄바람 살랑살랑 내 가슴에 찾아와 세상 푸념 다 들어줄 것 같다.

봄날 세파에 시달린 가슴을 펴고 지친 몸과 마음 휴식처인 산사.

오늘은 하던 일 잠시 멈추시고

부처님 탄생을 축하하는 봉축의 달이다.

부처님은 늘 우리 곁에 가까이 계시면서

무한한 자비와 사랑으로 중생들을 이끄시고

지친 마음과 혼란한 정신을 바르게 이끄시는 성인이시다.

세상 모든 존재를 자비와 사랑으로 안아주시는 부처님.

수많은 중생이 깨달음을 얻고 평화와 행복을 얻도록

참된 삶의 방향을 비추는 밝은 등불로 빛나는 부처님.

역사적인 탄생을 흥겹게 맞이하는 봉축 연등 행사 사월 초파일.

부처님 오신 날, 불보살님 전에 탄생을 기원하며 축복 발원하는

수행자로 불자로 거듭나길.

복 많은 놈

골프는 자연을 벗 삼는 운동이라 한다. 저 푸른 초원 위에 주먹보다 작은 공을 치고 간다고 한다. 건강, 정신 집중, 친목 도모 등에 좋은 스포츠지만 직업이 프로골퍼인 아들을 둔 부모의 기도는 달랐다. 힘들어 나중에 포기하는 선수보다, 즐기는 골프 선수를 했으면 좋겠다고 한다. 그러나 막상 선수들은 마음가짐이 다르다고, 푸른 잔디 위에 작은 구멍 하나씩 뚫어 두고 젊은 인생을 거기에 다 바치는 것 같아 아쉽다고 늘 노심초사다. 자기의 마음을 담아 둥근 골프공을 치고 나면, 그 골프공이 떨어져 멈추어야 비로소 자기 생각과 마음이 서로 맞는 자리인지 알 수 있다고 한다.

둥근 골프공 어디를 어떻게 쳐야 마음에 드는 것인지는 잘 모르지만, 자기 마음자리 찾아 수행하는 스님들처럼 참 어려운 일 같다. 자기 개인의 자존과 존엄의 가치를 골프공에 실어 날려 보내니 말이다. 골프공이 어디에 떨어져 있느냐에 따라 선수를 평가한다니, 참 어려운 스포츠다. 골프공이 구멍 가까이 아니, 구멍에 쏙 들어가면 나의 가치가 높게 올라가고 엉뚱한 곳에 떨어지면 콧방귀를 뀌며 혀를 차는 소리가 내 자식 심장에 박히는 소리라니⋯ 그 모습을 지켜보고 있는 부모의 마음은 항상 안타깝다. 규율 규칙에 맞추어 골프공의 점수에 따라 대우받는 선수는 시합하는 순간부터 숨도 크게 쉬지 못한다고 한다. 우여곡절 끝에 우수한 성적이 나오면 행복하지만, 그 또한 잠시 다른 선수와 또 비교하며 측정하고 준비해야 한단다.

그러나 희로애락도 잠시 잠깐이니, 성적에 상처받지 않길! 늘 기도하는 부모님, 사랑하는 자식 걱정에 기도드리는 간절함 모아 대중 스님들도 기도한다. 부처님도 고행을 자청하셨지만 깨달음은 누가 안겨주는 것이 아니란다. 온이 스스로 깨달으면 인상적이고 멋진 프로 골퍼로 사람들도 인정할 거야.

부모님의 기도 가피로 큰 등불이 되어 자신이 보지 못하는 부문, 넘지 못하는 시련, 모두 보고 넘을 수 있는 등불이 되어 지켜주시는 부처님이 늘 가까이 계신단다. 열심히 임하는 너의 모습 보며 부모님, 스님들은 믿고 기다려 주마. 온이는 어떠한 기적이나 요행을 바라지 않고 노력해서 기적을 만들어 내는 행복한 프로 골프 선수라는 것을 잘 알고 있으니까. 가식도 욕심도 내려놓고 순수한 마음으로 선수 생활하며 세상을 바라보아야 한단다. 현실을 있는 그대로 보는 시각을 갖춰야 현명하고 멋진 선수야.

그래서 너는 참 행복한 선수다. 현명하고 좋은 부모님이 계시니 말이다. 자식을 사랑하는 마음 온통 한마음 옳고 그른 것을 이야기할 때 "나"라는 벽을 허물고 마음의 문 열어 부모님 두 팔 벌려 안아주렴. 뒤에서 지켜주는 부모님 계시니 너는 참 행복한 행운의 프로 골프 선수야. 더 이상의 훌륭한 부모님은 없단다. 늘 푸른 하늘에 구름이 조금 낀다고 구름 위의 하늘이 푸른색이 아니겠니? 아버지 염려해서 하시는 말씀 다 사랑이란다. 절대 부담 갖지 말고 슬기롭게 멋진 인생, 멋진 프로 골퍼로 거듭나길.

언제나 부처님 전에 기도하는 부모님 말씀, 너를 일깨우는 진실의 뜻, 부처님 뜻이라 생각하거라. 성공은 결과이지 목표는 아니란다. 새로운 무엇을 하려고 애를 쓰는 것보다 실수했던 일을 잘 살펴보는 온이, 무엇을 얻고 가지려고 하기보다 자신을 반성하고 성찰하는 시간이 필요할 때 산사에 부처님과 스님 찾아와 참회하는 너의 모습 참 멋있고 아름답다.

골프에 대한 그 사랑과 열정, 바람 불어도 화려한 유혹에도 흔들림 없다는 너의 진심에 대중 스님들은 박수를 보낸다. 혹, 너의 마음에 어떤 다른 자리가 생기면 그 새로운 자리를 찾는 지혜로운 사람이 되어야 한다. 어느 자리에 있든 신중하게 선택한 것을 알기에 시냇물 흐르듯 막힘없이 잘 될 거야.

이 모든 생사의 업(業)은 자기 생각의 그림자이다. 언제나 법당에 향 사르며 기도드리고 제 발로 제 길 찾아가는 현명한 선수로 거듭나길. 부처님 자비 광명이 이 가정에 충만하길.

더불어 세상을 빛낼 젊음은 돈으로 살 수 없으니 결과가 어쩌든 매번 최선을 다해 멋지게 시합하길.

멋진 프로 골퍼 온이, 파이팅! 세상에서 가장 멋진 놈!

절집의 주인이 되세요

나그네처럼 빙빙 이곳저곳
넘어 다 보고만 가는 이방인.
진정한 불자는 절집의 주인이 되어
지나간 자리는 깨끗하지요.
그냥 지나가는 이방인은
잡풀을 밟고 휴지를 버리고 지나간답니다.
절집 주인은 잡풀 하나라도 뽑고
휴지 하나라도 줍고 지나가지요.
절집에 작은 소망, 소원 하나씩 기도하러 오신다면
부처님은 그냥 주시는 것이 아니라,
그것이 이루어질 수 있도록 깨달음을 일러주지요.
오늘 하루도 경건하게 기도하러 절집을 찾으시면
깨달음을 실천 수행하는 절집 주인이 되어보세요.

긴 침묵을 깬다

．．．

앞산 숲에 실바람 불어오니,

한적한 산사 뻐꾸기 맑고 청아한 새소리.

귀 닫고 침묵으로 새소리 외면하고 못 들은 척해도,

더 또렷이 더 가까이 다가와 마음 중심에

뻐꾸기 소리가 주인공 인양 자리 잡고 앉는다.

이 맘 저 맘 다 접고 새소리 삼매 속 몸과 마음

아주 자연스럽게 염불하는 마음으로 뻐꾹뻐꾹

너와 소통하는구나.

저 앞산에 핀 아름다운 꽃이 나를 유혹하지만,

나는 더 깊은 곳 더 아름다운 소리를 듣고 싶어 참아보지만,

청아한 새소리 뻐꾹뻐꾹

생생하고 또렷하게 남아 긴 침묵을 깨운다.

오늘따라 진여의 화현 생 음으로 이 마음 고요하니

그대로가 이심전심(以心傳心) 법이 따로 없다.

귀 열어 자연의 소리 듣고 합장하니,

어리석은 마음 지금 뉘우치니

천하 만물 스승 아닌 것이 없구나.

나는 초보자 아마추어 노승

우리 모두 인생을 처음 살아가기에 아마추어 초보 인생이다. 누구나 한번 태어나 한번 가는 것을. 그 어느 누가 장수하며 베테랑 전문가로 행복하게만 살아갈 수 있을까. 결국 경험을 쌓아 베테랑 전문가가 되지만 그 행복이 평생 보장될까. 자기의 삶은 자기가 엮어가며 행복을 유지하지만, 매일매일 변화하는 삶을 살아가는 것이 다 초보자다.

그중에 하나, 나는 초보자 아마추어로서 사바세계 삶을 살다 출가해 보니 다시 초보자다. 수십 년 절집 수행자로 살다가 주지가 되니 초보 주지스님. 또 노력하며 수년 전문가 베테랑으로 사는가 했지만, 나이 들고 나니 지금은 상좌 딸린 노승의 아마추어. 어른이 되기 위해 또 노력하는 초보자 아마추어. 이제부터 뜻있는 전문가 노승으로서 살다 가려나 했지만, 온통 배울 것뿐인 허망한 초보자, 여기까지 와도 또 초보자 아마추어로구나. 이것이 삼라만상의 색즉시공 공즉시색 수행자의 인생이로구나.

불교 만나기 전에는 사는 게 뭔지 모르면서도 아는 것 같았다. 자연의 조화로움과 아름다움을 몰랐고, 친구가 많아도 좋고 함께 웃어도 행복한 줄 몰랐다. 불교의 깨달음 알기 전에는 저 파란 하늘의 높고 하얀 구름이 이렇게 아름다운지 몰랐다. 밤이 되면 반짝이는 저 많은 별이 아름다운 줄, 낮처럼 밝은 달이 어둠을 훤히 밝히는 진여의 등불인지 몰랐다.

불교에 입문하여 승려로 살면서 산사의 염불 소리, 풍경소리, 포행하면서 산들바람이 내 귀에 속삭이는 노랫소리의 아름다움을 깨닫기 전에는 몰랐다. 수행자로 살면서 오로지 한 길, 한 마음이었지만, 그 중심에 망상과 번뇌가 생겨 갈증으로 타들어 가는 혀끝에 떨어지는 빗물이 달콤한 꿀, 감로수라는 것을 깨닫기 전에는 몰랐다.

수십 년이 지난 이제야 산사에서, 진여의 품 안에서 나의 마음자리 찾을 때, 내 심장이 뛰어 살아있음을 알아차린다. 그리하여 다시 한번 진여를 사랑하는 마음 변함없이 늘 이 승려 마음 중심에 앉아 이 심장이 멎는 날까지, 극락세계 아미타 부처님 전에 사랑하는 님을 만나 행복했다고, 다시 태어나도 승려로 살게 해달라고 청하련다.

초보자 노승 조심조심 익어가리라.

마음 가는 대로

. . .

내 마음 생각대로, 작은 키 하나로 큰 자동차를 움직이듯,
아무 마음 생각 없이 작은 성냥불의 실수로
큰 산불을 낼 수 있는 것을.
살아가면서 내 마음자리가 어디에 있는가.
내 마음 한자리 하나가 마음 중심 가운데 양심을 지키며
나만 아는 위장된 마음 바로 보고 성찰하려 수행정진 하지만,
조금 슬프면 가슴이 미어지고 코가 시큰거리며 눈이 글썽인다.
조금 기쁘면 어깨가 들썩이고 콧노래 흥얼거리며
들뜨는 나의 평상심!
산사의 수행인으로서 그 어떤 상황에서도 끄달리지 않으며
그 어떤 생각의 노예가 되지 않을 것을 알지만,
내 마음은 항상 어떤 얼굴이냐에 따라
망상과 번뇌가 생기니… 허허, 참… 나의 마음 중심에
버려야 하는 탐진치 바람이 아무리 세차게 불어도
실처럼 가는 버들가지 부러뜨릴 수 없고,
비바람이 아무리 세차게 내려도 도량에 핀
이름 모를 꽃잎 다 쓸어 갈 수 없듯이, 모두 다 버릴 수 없는
내 마음자리 잘 알아차려 깨어있는 수행자로 남으리라.
산사에서 무심으로 살리라.

도반 없이 벌과 함께

• • •

계곡물 소리 들으며 산기슭 거슬러 올라오다가, 산 중턱 골짜기인가 싶어 허리 펴고 쳐다보니, 눈웃음 입꼬리 그윽한 석불이 보인다. 조금만 더 올라와 고풍스러운 대웅전 앞에 서서 큰 숨 몰아쉬다 코끝에 달콤한 향기가 잠겨 따라가 보니, 이름 모를 꽃이 만발하였구나. 봄바람도 마음 가는 대로 산사에서 나와 함께 쉬고 있었구나.

나는 탐욕의 불꽃 마음 법당에 내려놓고 보시하고 가련다. 봄바람이 몰고 온 꽃잎 사이로 윙윙 소리 내며 앉을까 말까… 벌 나비 날아와 꿀 한 줌 손에 묻혀 꿀차 한잔 어디서 마실까… 조용한 명당을 찾는가. 절집 문전, 봄비 지나간 갠물에 앉아 햇살이 눈부신가.

나비는 열심히 날갯짓하고, 벌은 꿀물을 풀어놓고 연신 먹는다. 오늘따라 도반이 없어 홀로 왔으니 끝없는 수행의 길, 걸망 속 고뇌와 번뇌의 봇짐 챙겨 꿀차 한잔 얻어먹고 머나먼 수행의 길, 나도 같이 날아가면 안 될까.

달달한 법문 찾아 만행의 여정을 도반 없이 이미 떠난 자리에서.

모두가 다 나그네

두 눈 뜨고 지나온 길,

뒤돌아 먼 길을 쳐다보니

가물가물 머리맡에 걸린 밀짚모자도

거울 없이는 자세히 볼 수 없는 법이다.

가물거리는 정신 실체를 보기 위해 두 눈을 비벼가며 보아도

아른거리는 실체의 시간에 살면서 그 실체를 본 사람은 없다.

다만 자기 생각일 뿐, 자꾸만 자꾸만 눈 깜빡할 사이

삶의 짐 보따리 둘러매고 어제로 도망쳐

저만치 아른거리는 시간들… 텅 비어있는 나그네의 혼을

살아가는 동안만이라도 진여의 법계로 가득 채워

흐트러짐 없는 수행자의 따스한 가슴으로

모든 이에게 또 다른 진리의 향기 풍기고 싶다.

하심(下心)*

시방세계 깊은 산사 절도량.

청정한 승가의 참모습 그대로 간직한

자연과 더불어 흘러나오는 염불 소리

울려 퍼지는 도량에서 염불은 듣지 않고

소리 없는 마음의 요동 소리 듣는구나.

생로병사 독약 같은 번뇌 끌어안은 너는 누구냐?

좌선한답시고 우두커니 관념에 파묻혀 있는 너는 누구냐?

성냄도 어리석음도 본래는 없는 것이라 하지만,

선심(善心)과 선행(善行) 끝에 빈 마음은 국경도 없다.

묘하게 자리 잡은 망상도 오늘 모두 다 벗어놓고

염불 소리 파장에 내 마음 실어 보내고 하심하며 살리라.

그렇게 다짐하면서도, 마음 중심 안에 굶주린 마음

그 어떤 것으로도 채워지지 않는 것을 보면,

내 안 깊숙이 다른 마음이 있는 것이 분명하다.

꼭 마음의 여유가 생길 때 들어와 앉는다.

내 마음 안에 큰 깨달음 새겨, 보이는 깨달음의 존재보다

보이지 않는 깨달음의 존재를 크게 볼 줄 알아야 한다는 것을

이 나이 먹도록 분별하기 어렵구나.

* 자기를 겸손하게 낮추고 다른 사람을 높이며 존경하는 마음가짐.

홍인이가 태어난 날 무자년

세상에서 가장 귀한 아기 부처님!

내 품에 안겨 어쩔 줄 몰라 하며 반짝반짝 빛나는 눈은 맑고 밝은 구슬 같다. 얼굴은 단풍 든 것처럼 곱게 붉은색을 띠며 고물고물 웃으며 방긋방긋 옹알이하며 꼭 "스님! 저 왔어요!" 하는 것 같았다.

세상에서 이리 귀한 선물을 받아도 됩니까? 부처님! 출가하여 가장 귀한 선물을 받았습니다. 꼼지락꼼지락 구석구석 쳐다본다. 그리도 세상이 궁금하였더냐. 나는 너만 쳐다보는데, 너도 나를 좀 보렴. 너희 엄마가 산부인과에서 퉁퉁 부은 얼굴로 너를 낳아 스님들 손에 안겨줄 때가 엊그제 같구나.

너를 키우는 스님은 어설프기 짝이 없지만, 그래도 최선을 다해 엄마, 아빠, 스님들 모두 최선을 다할게. 착하고 성격 좋고 인정 많은 아이로 잘 자라주렴. 스님들의 보물 1호가 된 부처님 같은 우리 아이. 스님들, 아이 키운 경험은 없지만, 아이에게선 참 신기하고 묘한 향이 난다.

아침에 모두 모여 국화차 향긋하니 좋다고 시끌벅적해야 하는데, 아기 부처님 자다가 깰까 봐 조용조용 아침부터 온종일 긴장한다. 살짝만 뒤척여도 깜짝 놀라 엉거주춤 안지도 못하고 더듬더듬 달랬던 홍인이, 너는 이제 어엿한 중학생이다.

어느 날 너는 굵직한 목소리로 이렇게 말했지.

"스님! 나 어떡해요, 큰일 났어요!"

가슴이 쿵! 떨어지는 순간, 다리를 보여준다.

"다리에 털이 나요. 나 어떡해요?"

너는 부끄러운지 발그레 웃으며 손으로 얼굴을 가린다. 나는 한 수 더 보탠다.

"아유, 큰일이네! 부처님은 털이 없는데, 홍인이는 털이 있어 부처님 못 되겠네. 큰일이네!"

맞장구친다. 스님들은 하하하! 웃으며 신기해한다. 변하는 것이 당연한데도 홍인이가 변화하는 것은 참 신기하다. 언제나 내 앞에서 옹알거리며 기어오르던 어린 아기 부처… 초등학교 입학식, 함께 손에 손잡고 들어가던 날, 네가 무척이나 설레던 만큼 나도 설렜고 또 네가 자랑스러웠다.

1학년 입학 후, 어느 날엔 학교를 갔다 와서 이렇게 말했다.

"스님! 나 3등이다요~"

"응? 너 무얼 했길래 3등이야?"

"글씨, 모르는 애가 3등이래요. 내가 3등인가 봐요."

가슴이 철렁했다. 예쁘게만 보았지, 공부는 학교 가서 하는 줄 알았다. 아뿔싸! 큰일 났다. 지금부터 'ㄱ, ㄴ'이 아니라 '가나다라' 글부터 습득시키려고 주말 내내 차를 타고 다니며 간판을 읽기 시작했다. 홍인이는 좋아하는 햄버거, 피자 등등 글씨 읽으면서 신기해했다.

"아, 스님! 저기도 내가 아는 글자 있어요!"

깔깔깔 웃으며 공부하다 보니, 벌써 월요일이 되었다.

그날 오후, 홍인이가 학교에서 돌아오더니 선생님이 했던 말을 전해주었다.

"얘, 너 글씨 모르는 줄 알았는데, 이름도 쓸 줄 아네?"

선생님이 머리를 쓰다듬어 주셨다고 자랑하더니 기분이 좋아 활짝 웃으며 으스댄다.

"스님! 글씨 아주 쉬워요. 다 배웠어요."

깔깔거리며 웃던 아이가 지금은 영어 공부한다고 인상 쓰며 암기하는 모습.

'그래, 한글처럼 내가 도와줄 수 없어 안쓰러운 마음이다.'

언제나처럼 홍인이가 불쑥 나타나면 조용하던 절집의 분위기가 바뀌었다. 스님들 목소리부터 다르다. 너로 인해 충전되며 이 찜통 같은 절집 더위도 아름다운 너의 목소리로 모두 위안 삼는다. 요즘 살짝 춤을 추며 변화하는 너의 모습에, 차츰차츰 바뀌는 너의 모습에, 하루가 한나절이 매 순간이 소중하기만 하다. 건강하고 행복하기를. 진심으로 부처님께 삼배 올린다. 홍인아, 덕분에 절집 승려 생활이 활기차고 행복하단다. 매일 매일 좋은 날 되거라.

그런데 어느 날엔 홍인이 휴대폰 바탕화면에 웬 화려한 여자아이 사진이 올라와 있다.

나는 깜짝 놀라 물었다.

"홍인아! 얘 누구야?"

조심스럽게 물으니, 친구가 보내준 요즘 핫한 여가수 사진이라고 한다. 나는 갑자기 장난기가 발동해 우리 스님들 사진을 홍인이 휴대폰 바탕화면에 올리고 싶어졌다.

"홍인아! 하루만 우리 사진 올리면 안 될까?"

"아이, 스님! 매일매일 보는데 너무 하신 거 아녜요?"

　　그래, 오늘도 우리 변화하는 모습도 서로 지켜보고 응원하며 살아
보자. 나의 가슴속에, 너의 가슴속에 부처님 깨달음의 향기가 묻어나
올 때까지.
　　사랑한다, 홍인아!

인간극장

2013년 방영된 《세 스님과 홍인이》는 우리 모두에게 못 잊을 추억이다. 처음 '인간극장'이라는 KBS 방송프로그램에서 연락이 왔다. 당시는 홍인이가 세상에 태어나 스님들 품에 안긴지 얼마 안 된 상태로 아직 어린 나이라 거절하였다. 절집 아이라는 것이 그렇게 신기했을까. 몇 번을 거절하고 난 다음, 홍인이가 재롱을 한창 피울 때 다시 전화가 왔다.

"홍인이 커가는 모습을 영상으로 만들어 놓으면, 먼 훗날 홍인이에게 좋은 선물이 되지 않을까요?"

그 말이 귀에 쏙 들어왔다. 그래서 스님들의 마음을 조금 크게 움직였다. 홍인이의 어린 시절을 좋은 추억을 남겨 두고 싶었던 것이 스님들 마음이었다. 스님들이 허락하고 결정하고 난 다음 큰 벽에 또 부딪혔다. 두 사람, 홍인이 엄마와 아빠다. 홍인이 부모님은 안 된다고, 우리는 아직 못할 것 같다고 했다. 아직 잘 살지도 못하고 부족한 것이 너무 많아 출연에 대한 두려움이 있었고, 홍인이 엄마는 특히 한국말도 서툴다고 하여 반대한 것이다.

홍인이가 EBS 교육 방송에 《동물일기》 방송을 먼저 촬영했을 때, 도림사에서 생활하는 스님들과 홍인이 가족들이 함께 사는 모습이 너무 예쁜 모습이었다고 한다. 그 정보가 PD님들 사이에서 공유되며 인간극장 PD로부터 섭외가 들어온 것이다. 많은 시청자분이 요청해서 자꾸만 섭외가 들어온다며 KBS 관계자분 작가님들 모두 찾아와 설득하여 이루어졌다.

홍인이 엄마는 베트남 사람, 아빠는 한국 사람인데 사는 곳은 절집이다. 다소 어울리기 힘든 생활환경이라 생각할 수도 있지만 이런 환경에서 살아간다는 사실 자체가 많은 시청자분의 이목을 끌었나 보다.

처음에 홍인이 엄마는 도림사와 연이 없었다. 홍인이 엄마는 회주 스님의 속가 제자의 베트남 사업체에서 직원으로 있는 아가씨였다. 홍인이 엄마와 대화를 나누어본 제자의 말은 이랬다. 정말 좋은 아가씨이니 스님들께서 한번 봐 달라고. 그때는 모두가 반신반의했다. 속가 제자님이 컴퓨터 화면으로 사무실 직원들의 모습을 보여주며 소개를 하던 중, 정말 참한 아가씨가 눈에 띄었다. 스님들은 이 아가씨는 시집을 갔느냐, 형제는 몇이냐, 부모님은 계시냐 하며 각자 질문을 쏟아냈다. 그 제자는 잠시 우리의 말을 멈추더니 이 아가씨가 말하던 아가씨라며 소개해 주었다. 많은 직원을 채용했지만, 다른 직원들과는 조금 다르다며 착하고 예의 바르고 똑똑하다는 것이다. 그래서 우리는 혹시 한국에 시집갈 의향이 물으니 '좋은 사람 있으면 한국에 갈 수 있다'는 대답이 돌아왔다. 우리는 누가 좋을까 생각했다. 그러다 우리 절집 식구인 홍인이 아빠가 생각났다. 홍인이 아빠 김주현 씨는 울산 현대 모비스에서 일하며 휴가만 되면 한 번씩 와 일을 도와주곤 했다. 때마침 수일 내로 도림사에 온다는 연락이 왔다. 그래서 한번 화상으로 선을 보면 어떨까 생각하며 회주 스님 제자에게 이런 사람이 있다고 얘기를 해서 추진해보기로 했다.

주현 씨가 오면 서로 한번 얼굴 보자고 했는데, 사실 김주현 씨는 둘째고 그 아가씨가 스님들 마음에 쏙 든 것이다. 그래서 참한 아가씨를 소개해 우리 식구로 만들자며 계획을 짜기 시작했다. 우선 주현 씨한테는 말 한마디 하지 않고, 먼저 스님들이 계획을 다 짜서 아가씨 마음을 잡기 시작하였다. 우리는 아가씨에게 좋은 말만 골라서 이야기했다. 물론 없는 말을 하지는 않았지만, 아가씨 마음을 잡기 위해 회주 스님께서 그 제자에게 책임지고 아가씨 마음 잡으라고 했다. 제자는 주현 씨를 보자고해서 우리 스님들 마음은 조금 다급했다. 왜냐하면 김주현 씨와 그 아가씨의 나이가 16년 차이라 망설여졌던 것이다. 하지만 나이는 숫자에 불과하다는 진리의 말씀을 깨닫고 지금부터 어떻게 하면 아가씨 마음에 들까 고민이 깊어졌다.

우선 김주현 씨가 아가씨 마음에 드는 게 급선무였다. 이제부터 주현 씨를 조금이라도 젊어 보이게 만들려고 다 함께 노력했다. 옷은 어떤 스타일이 좋을까, 머리 스타일은 어떻게 할까, 머리부터 발끝까지 하나하나 목록에 적은 우리 스님들은 은밀하고 바쁘게 움직이며 김주현 씨를 꾸며갔다. 여러 의견 교환 끝에 1번부터 10번까지 편지가 날아왔다. 그래, 문제도 지금부터 풀어보자며 총각이 도착하길 기다렸다.

그런대로 멋있었다. 하지만 머리는 새치가 있어 염색해야 했고 키가 조금 작아보여 굽이 있는 신발을 신으면 어떨까 싶었다. 그 아가씨는 어쨌든 잘생긴 남자를 찾는다고 했고, 화상으로 만나야 하니 조금은 더 커 보이고 잘생기게 관리해야 했다. 우리가 보기에는 주현 씨 눈도 예쁘고 그만하면 통과라 생각하고 흐뭇하게 웃었다.

"스님, 갑자기 왜 이러세요? 선보러 갑니까?"

주현 씨는 영문도 모른 채 큰 눈을 깜빡이며 쳐다본다. 스님들은 선보는 아가씨가 한국 사람이 아니라는 사실을 어떻게 말해야 할지 몰라 많이 망설였지만, 끝나고 이야기하기 전에 우선은 아가씨 영상과 사진을 보여주었다. 외모는 한국 사람과 똑같았다.

"아휴, 스님! 정말 예쁘고 참한데, 저 같은 사람에게 시집오겠나요?"

주현 씨는 수줍어했다. 그래서 당신 마음에 드냐고, 한국 사람이든 외국 사람이든 그 아가씨가 원한다면 할 수 있냐고 내가 되물었다.

"스님, 저렇게 어리고 예쁜 아가씨라면 당연히 생각하죠!"

주현 씨는 쑥스럽게 머리를 긁적였다.

이제는 실전 연습이다. 결혼 프로젝트! 한껏 폼 잡고 컴퓨터 화면을 마주 보고 맞선 연습을 시작했다. 조금 멀리서 화상통화 화면을 잡았다. 큰 시험 면접관에게 면접을 보듯 먼저 스님 제자에게 시험을 보기로 했다. 가까이서 보면 나이가 많아 보일 수도 있을 것 같아서였다. 이 외에 여러 문제를 스님들이 여러 방법으로 해결하고 준비한 긴장된 맞선 자리였다. 스님의 제자는 제자대로, 그 아가씨에게 신랑 자랑보다는 스님들 자랑을 더 많이 할 수밖에 없었다고 한다.

"스님, 집안이 불교 집안이랍니다."

"그럼 됐어. 1차 관문 통과! 크나크신 부처님 빽으로 통과하였지만, 주현 씨는 어떡하지? 그래, 부처님 믿고 도전합시다!"

주현 씨도 덩달아 좋아하며 해맑은 모습이었다.

"좋습니다, 스님! 부디 잘 부탁한다고, 제자님께 잘 좀 말씀해 주세요."

아가씨 마음 얻는 일이라면 무엇이든 한다고 전했으니 답이 곧 올 거라고 주현 씨를 안심시켰다. 우리가 선보는 것도 아닌데, 기다리는 시간이 무척 길게 느껴졌다.

이틀 뒤 연락이 왔다. 한번 화상 미팅을 해보자고. 1차 관문 면접 통과하였다. 스님 제자도 아가씨에게 있는 말 없는 말 다 한 모양이다. 아가씨가 꽤 관심이 있는 것 같다는 이야기를 전해 들었다. 우리는 꼭 우리가 이미 성사를 이룬 것처럼 들떠서 박수치고 팔짝 뛰며 좋아하니 주현 씨도 덩달아서 얼굴이 빨갛게 붉혔다.

"그런데요, 스님… 제가 내일 휴가 끝인데 어떻게 할까요?"

장난기가 발동한 나는 한술 더 떴다.

"그럼 어떻게 하지? 이렇게 된 거, 주현 씨도 우리랑 같이 살까? 장가도 가고 아기도 낳고 행복하게 살면, 그것이 사람 살아가는 행복이 아닐까?"

그랬더니 주현 씨는 아예 두 술을 더 뜨고 김칫국도 원샷 했다.

"예! 스님. 정말 스님들 모시고 여기서 결혼하고 쭉 살아도 될까요? 참말이면 스님, 저 오늘 가서 사표 내고 짐 싸서 오겠습니다!"

"오? 우리도 좋지! 한번 생각해보자."

"스님, 저도 휴가 때가 그리웠어요. 저도 촌에서 난 놈이라 시골이 좋아요. 시골에 살 수 있고 생활만 보장된다면 저도 정말 원한답니다. 장가도 가고 싶고요. 우리 한번 진지하게 생각해봐요."

주현 씨는 직장으로 돌아갔다. 그 뒤로 매일 전화가 왔다.

"스님, 전화 왔어요!"

"화상으로 본 아가씨가 그리 좋은가? 하기야 우리도 반했으니 오죽하겠나 마는, 우리도 기다리고 있단다."

그렇게 웃으며 달래던 차에 법연 스님에게 문자 한 통이 왔다.

"사표 던지고 저 내려갈래요."

이제 큰일 났다. 성사가 안 되면 어떡하지? 베트남으로 연락했다.

"스님, 이쪽에 우리 직원 아가씨도 매일 물어요. 신랑감한테 자기가 어떻더냐고, 자기의 인상이나 모든 것이 마음에 든다고 하더냐고, 신랑한테 아주 관심이 많아요. 한국 사람의 심리를 이용했죠. 제자님이 한국 신랑이 너무 잘 생기고 해서 기다려 보라고 했어요. 그랬더니 자기 어머니에게도 말을 했다고 하네요. 스님, 좋은 일 있을 겁니다. 제가 노력할게요."

이렇게 노력해준 제자의 이름은 김학경 씨다.

"학경 씨, 아가씨가 한국에 시집오면 여러모로 불편한 상황이 많을 텐데, 시집오면 마음 단단히 먹고 시집와야 한다고, 미리 교육 좀 해주세요." 아가씨가 스님들 자랑을 너무 많이 하다보니, 신랑보다 스님들을 믿는다고 스님들이랑 같이 살기 원한다고 연락이 왔다. 결혼하면 절에서 애기 낳고 살고 싶단다. 둘 마음이 어찌 그리 같은지, 참 천생연분이다. 우리에겐 더없이 좋은 일이지만 스님들은 혼자 사는 것에 익숙하다 보니 조금은 불편하고 힘들겠다는 생각도 했다. 하지만 그런 불편함보다 좋은 인연 만나 좋은 일이 더 많을 것이란 생각에 이구동성으로 스님들은 대찬성이었다. 그래, 한번 해 보자!

주현이도 보따리 싸서 절집에 아주 이사를 왔다. 이사라고 해 봐야 큰 가방 하나가 전부지만, 결혼에 대한 꿈과 희망은 산더미처럼 큰 짐을 지고 왔다. 그렇게 매일 화상으로 만나면서 절집과 신랑감의 매력적인 모습만 보여주며 연애를 시작했다. 서로 웃으며 화기애애한 모습이었다. 회사의 통역이 아주 좋은 말만 하면서 서로의 기분을 맞추어 주었다. 절집과의 인연에 두 집 모두 마음 편하게 믿음이 싹트기 시작했다. 불교라는 종교를 가슴에 새기며 만나는 날을 정하게 되었다. 이참에 만남이 이루어져 부처님 믿고 스님들 믿으면 바로 결혼하는 것이 어떠냐고 아가씨 측에 물었다. 아주 좋다는 연락이 왔다. 결혼식 날을 잡고 주현 씨는 그때부터 안 하던 얼굴 관리, 몸 관리, 쉴 틈 없이 베트남어 공부까지 했다. 너무나 바쁜 하루를 보내며 기다리고 기다리던 비행기 타는 날, 우리가 함께 저질렀으니 스님들 모두 베트남 여행, 아니 결혼식에 사돈으로 가기로 했다.

드디어 베트남 도착! 아가씨가 마중을 나와 있었다. 깜짝 놀랐다.

이렇게 예쁘고 날씬하고 참한 아가씨가 서 있는 것이 눈이 부실 정도였다. 나를 알아보더니 "스님!" 하며 안긴다. 바르르 떨며 한국말로 "스님, 사랑해요! 부처님, 사랑해요!" 학경 씨가 가르쳐준 대로 열심히 말하는 모습이 너무 예뻐 감동했다. 서로 손을 잡고 숙소로 옮겨와 사돈을 만나기로 했다.

사돈이 왔다. 통역관에게 부탁했다. 혹시 스님들이 결혼을 안 해 본지라 사돈에게 실수할 수 있는 말을 한다 해도, 통역관님이 잘 좀 알아서 번역해달라고, 좋은 말만 해달라고 부탁하며 사돈을 만났다. 사돈도 어리둥절한 모습이었지만, 절집으로 시집간다고 하니, 무엇보다 믿음이 생겨 걱정 없이 허락했다고 하신다. 스님들의 몫이 커졌다. 절집 식구로 살면서 웃는 날보다 처음에 우는 날이 더 많을 수 있을 것인데 괜찮겠냐고 물었다.

"많이 사랑하며 잘 살도록 하겠습니다. 새신랑도 좋은 직장 다 치우고 절집에 와 같은 식구로 살기로 했으니, 우리 스님들 책임지겠습니다."

그 말만 되풀이하며 믿어주고 잘 키운 딸을 먼 나라 한국까지 시집보내는 마음이 얼마나 결정하기 어려웠을까 잘 보살피며 행복할 수 있도록 스님들이 부처님께 약속하며 진심으로 사랑으로 잘 살 수 있게 하겠다고 약속 또 다짐하며 어머니의 마음을 헤아리며 안정된 마음으로 결혼식을 하기로 하였다. 베트남은 결혼식을 두 번 한다고 한다. 한번은 가족 어른들과 한번은 친구들과 한다고 한다. 결혼식이 그렇게 거창하고 크게 하는지 몰랐다. 한국에서도 결혼식장에서 잠깐이면 끝인데 아니다 온종일 어른들과 이웃들 스님이라 하니 온 동네 사람은 다 모인 것 같다. 아주 그냥 수십 명이 모여 잔치 벌였다. 스님들도 덩달아 온종일 웃었더니 얼굴에 경련이 오려고 했다. 쉬고 싶지만 쉴 수가 없었다. 사람 하나 만나 결혼하는 것이 이렇게 힘이 드는 일인지 정말 몰랐다. 결혼식 끝이 나고 숙소로 돌아와 한국으로 돌아오기 전 여행을 계획했지만, 너무나 지쳐있어 숙소 가까운 곳에서 구경하기로 했다.

일주일 동안 어떻게 지나갔는지 벌써 귀국 날이다. 버스를 타고 공항 오는 길 색시와는 이제 한국으로 돌아가야 하니 여기 베트남에서 잠시 이별을 고하고, 한국으로 가야 하는 주현 씨 새신랑은 그 큰 눈망울에서 눈물이 뚝뚝 떨어진다. 우리도 마음이 아팠다. 한국에 돌아오면서 색시가 한국 결혼 절차를 밟고 정식 부부생활을 하기 위해서는 약 3개월 정도의 기간이 필요했다. 3개월 남짓 날들 속에 주현이도 방을 꾸미고 살림집을 만들기 시작했다. 스님들이 며느리 맞이하는 것처럼 참견했다. 벽지는 이렇게, 커튼은 이렇게, 화장대는 이런 것으로… 하며 바쁘게 지나갔다. 새색시 한국에 오는 날, 학경 씨가 동행하기로 했다고 걱정하지 말라고 했다.

극적인 만남! 한국, 아니 절집에 도착했다. 그렇게 살림을 시작하며 스님들의 불사 일에 두 사람도 같이 팔 걷어붙이고 살기 시작했다. 1년 후, 새색시는 임신했다. 날씬한 몸에 배만 볼록 나온 것이 웃음을 짓게 했다. 임신한 새색시에게 이름을 지어주었다. '양지수' 베트남어를 해석하면 비슷하다고 한다. 그래 지금부터 한국 이름 양지수, 그때부터 "지수야"로 모두 통용이 되었다.

임신하면 먹고 싶은 것이 많다는데, 서로 소통이 되게 손짓발짓하며 입으로 들어가는 흉내를 내며 물어보니 "꼭닥꼭닥"이라고 한다. 대관절 '꼭닥꼭닥'이 무엇일까? 학경 씨와 통화하니 학경 씨는 도통 모르겠다고 한다. 이제부터 그림책을 놓고 의사소통한다.

"이것인가? 그럼, 이것인가? 아, 이거? 닭?"

그렇다, 꼭닥꼭닥은 바로 닭이었다! 닭고기를 먹고 싶은 것이다. 주현이에게 통닭을 사오라고 했다. 통닭은 시켜 먹으라고 하니 입맛에 맞지 않는단다. 그럼 어떻게 하지. 베트남 통역에게 또 전화하게 하였다. 통역으로 전해주었다.

"베트남은 닭을 삶아서 요리하는데요, 베트남 사찰에서는 고기를 스님들이 드신다고 하는데, 한국에 와서는 아직 한 번도 못 먹었다고 하네요."

"아휴, 참… 우리가 바보다, 바보였어!"

"스님, 생닭을 사주면 지수 씨가 요리를 잘한다고 하니, 한번 맡겨 보세요. 게다가 지수가 요리를 너무 좋아하는데 스님들이 한사코 요리를 안 시켜 결국 못 해봤다네요."

그래, 해 봐라. 닭은 스님들이 살 수 없어 신도에게 절에 올라올 때 사서 와달라고 부탁했다. 주현 씨도 바쁜 상태라서 꼭 좀 부탁했다. 그런데 '하림'에 다니는 신도가 한 박스를 사 오더니, 절집 새색시 냉장고에 넣어 놓고 아주 실컷 먹으라고 한다.

"이제부터 너희 집에서 하듯이 요리해 보거라."

살림을 내주듯 주방을 만들어 주었다. 주현 씨와 지수는 음식을 만들면 둘이서만 못 먹겠다고, 자꾸 싸서 우리에게 건네온다.

"그래, 애 낳을 때까지 스님들 공양이라 생각하고 같이 먹자."

회주 스님이 허락하셨다. 조금씩 먹기 시작했다. 배가 자꾸 불러와 터질 것 같았다. 무서웠다. 아이가 나올 것 같았다. 아직 예정일이 남았다는데 말이다. 우리 스님들 서울에 볼일이 있던 날, 갑자기 지수가 아이 낳는다고 연락이 왔다. 한 달은 남았는데 말이다. 열 일 다 제쳐두고 절집으로 복귀 아기 부처를 만나기 위해 병원으로 달려갔다. 그렇게 인연이 되었다. 눈이 얼마나 초롱초롱하고 예쁜지 아기 부처가 따로 없었다. 병원에서 퇴원할 때 의사 선생님이 조금 빨리 나왔으니 잘 지켜보라고 한다. 아기 얼굴이 노란색으로 변화면 황달이라 빨리 내원해야 한단다.

아기가 집에 도착한 지 이틀 정도가 지났다. 울지도 않고 방긋방긋 웃는 아이. 그런데 얼굴이 노랗게 변하는 것 같아 빨리 병원으로 갔다. 빨리 잘 오셨단다. 인큐베이터 속에 넣고 조금 더 키워서 퇴원하는 것이 좋겠단다. 그렇게 하시라고, 우리 아기에게 조금이라도 이상이 있으면 안 된다고 신경 써달라고, 선생님 손을 잡고 신신당부하고 부처님 전에 간절히 기도하면서 집에 왔다. 그 사이 지수는 얼마나 울었는지 눈이 퉁퉁 부어 스님들을 맞이했다. 아기를 강제로 때어서 다른 곳에 두고 온 줄 알았나 보다. 말이 안 통하니 말이다. 울지도 않는 아이를 황급히 안고 병원으로 달려갔으니 그렇게 생각할 수도 있다고 생각했다. 게다가 주현 씨는 말이 통하지 않는 지수에게 어떻게 설명해야 할지 몰랐기에 서로 마주 보고도 안절부절못하던 것이다. 지수는 표정으로 '아기는 어떻게 했느냐'고 묻는 것 같았지만, 표현할 수 없어 학경 씨에게 통역해 달라고 부탁했다.

"애기가 조금 빨리 태어나 모든 장기가 약해서 황달이 왔다. 병원 인큐베이터에서 며칠 더 크도록 해야 한다. 내일 병원에 같이 가자, 울지 말고. 건강할 수 있도록 부처님께 기도하자."

그렇게 전해주었다. 다음날 병원에 같이 갔다. 그전까지 스님들은 '아기 낳은 산모라 바람 쐬면 안 좋다'는 옛말만 믿고 지수를 데려가지 않은 것이다. 그 판단이 아이 엄마를 초죽음이 되도록 몰아간 것이다. 너무나 미안했다. 그래도 지수는 병원에 도착해서 아이를 보더니 연신 웃으며 이렇게 말했다.

"스님, 고맙습니다! 스님, 사랑합니다!"

그제야 얼굴에 핏기가 돌고 웃음이 보였다.

홍인이를 스님들이 안고 키우게 된 동기가 잔병치레 때문이었다. 잘만 자다가 응급실에 간 적이 여러 차례였지만, 지수가 혹여나 또 엉엉 울까 봐 알리지 않고 냉큼 안아 한달음에 병원으로 달려가곤 했다. 그렇게 키운 새끼다 보니 어찌 귀하지 않겠는가. 아기가 잠을 자면 그 숨소리 들으며 스님들이 교대로 불침번 서는 날이 많았다. 지금 이렇게 쓸 수 있는 것도 이런 날 저런 날 다 지났기 때문이다. 그렇게 귀하게 키우다 보니 이 아기는 '홍인'이라는 큰스님의 법명을 받게 되었다. 홍인이, 김홍인 큰스님 모시듯, 세 스님이 시봉하듯 키워냈다. 그러다 보니 홍인이가 성장하는 과정을 기록으로 남기고 싶었다.

《인간극장》 5편을 찍으며 있는 그대로, 절집 살림 그대로 불사하며 이루고자 하던 모든 것을 향해 달려갔다. 스님들은 용감했다. 불사의 신, 용감한 스님들 모습에 5편을 더 찍기로 했다. 덕분에 베트남까지 가기로 했다. 홍인이 나이 5세다. 주현 씨와 지수가 결혼한 지는 6년 되었다. 6년 만에 친정 나들이, 우리 스님들도 함께 사돈집에 가기로 했다. 이번 베트남 방문은 마음이 홀가분하여 이미 여행 목적지에 도착한 듯 설레었다. 홍인이와 첫 여행이라 더욱 설레었는지도 모른다. 베트남 갈 때 마음은 정말 눈 호강, 귀 호강, 모든 호사 다 누려보리라 작정했다. 그런데 《인간극장》 5편을 우리 스님들이 사돈네와 함께 마을에서 보리라고는 상상도 못 했다. 사돈댁에는 저녁에 도착했는데 집에는 많은 인파가 모여 있었다. 연예인이 따로 없었다. 6년 전 결혼식 생각이 났다.

'그래, 무슨 승려들이 여행한다고. 마음만 부풀어 마냥 잠시라도 즐 거웠으니 만족하자.'

사람들이 카메라 메고 이리저리 다 찍고 하니 구경거리도 맞는 것 같다. 가까운 여행도 못 갈 판이었다. 시장에 들러 구경한 것이 전부였 다. 이리저리 인파를 헤치며 촬영하고 나니 몹시도 한국에 돌아가고 싶어졌다.

빨리 여정을 정리하고 다시 한국으로 왔다. 방영 날짜가 임박했다 고 한다. PD님이 하시는 말씀은 우리를 조급하게 했다.

"스님, 이제껏 찍으면서 너무너무 인간적이고 순박하고 노력하며 서로 돕는 모습에 반응이 좋았어요. 지금까지 많은 촬영을 해왔지만, 이렇게 인정 있게 살아가는 모습을 닮은 분들이 없었습니다. 아마 방 영하면 사람들이 좀 많이 찾아뵐 것 같아요. 그런데 절에 밥 먹을 장 소가 마땅치 않죠?"

베트남에서 그렇게 많은 사람이 몰려왔는데, 한국에서는 더할 것 같다는 말이다. 우리는 사실 TV로 잘 보지 않는 상태라 한 번도 느끼 지 못한 것을 베트남에서 느꼈다. 그래, 공양간부터 짓자. 우리는 황급 히 공양간을 만들자. 멀리서 TV 보고 찾아오면 밥이라도 먹여 보내드 려야 한다는 생각에 식구 모두 힘을 합해 공양간을 만들었다. 빨리 만 든 것 치고는 훌륭했다.

홍인이 아빠는 만능 재주꾼이다. 공양간 만드는 모습에 홍인이 엄 마로 우리 신랑 최고라고 연신 손하트를 보낸다. 스님들이 볼 때 신랑 보다는 이름을 지어주기로 했다. 절에 딱 맞는 애칭 새색시한테 짝인 말 서방님이라고 하니 서방님이 무엇이냐고 묻는다. '서방님이란 평 생 지수의 남편이자 변함없이 사랑해 주는 사람'이라고 통역관에게 전화해 통역해 주었다.

"우리 서방님!"

그랬더니 너무 좋아했다. 서방님, 그날부터 '우리 서방님' 애칭이 되었다. 지수는 한국 생활을 익히며 홍인이를 잘 키워야 한다는 생각에 열심히 서방님, 서방님 하며 졸졸 따라다닌다. 온종일 서방님 뒤에 따라다니는 모습이 한국에서 제일 잘 사는 부부라고 가르쳐주었다. 그 뒤 김주현 씨는 싱글벙글했다. 껌딱지처럼 졸졸 예쁜 색시가 따라다니니 얼마나 좋은가. 언제 보아도 얼굴에 미소가 번져 있었고 지수를 향한 손길은 햇살처럼 따스했다. 우리가 봐도 좋았다.

TV 방영이 시작되면서부터 인파가 몰리기 시작했다. 하루에 수백 명, 아니 수천 명이 몰려와 밀고 당기고 아주 그냥 난리가 났다. 스님들은 놀랍고 고마운 마음이었지만 감당이 되지 않아 우선 숨고 싶었다. 한국 사람이 그렇게 많은 줄 몰랐다는 지수 말에 우리도 이렇게 인파가 몰려올 줄 몰랐다며 함께 어안이 벙벙했다. 또 아직 어린 홍인이에게는 동물원의 원숭이 보듯 사람들이 몰려갔다. 홍인이 머리 정수리를 사람들이 너무 만져서 머리에 진물이 났고 머리카락이 다 빠져 피가 날 정도였다. 시골 병원에 가니 피부병이라 한다. 서울 큰 피부과를 찾아갔다. 의사 선생님이 사람 손에 의한 손독이 올랐다는 것이다. 머리에 붕대를 감고 내려와 창문만 열어 놓고 아이를 보여 주기도 했다. 창문 안으로 과자, 빵, 과일 등 매일 큰방이 가득 찰 정도였다. 정말 무서울 정도였다. 하루에 3천 명 이상이 다녀간다고 생각해 보라. 3천 명이 밀고 와서 다시 3천 명이 밀고 가니 말이다. 스님들과 다른 식구들도 쓰러지기 일쑤였다. 심지어는 외국에까지 방영되었단다. 미국, 영국, 여러 나라에서 우리를 보려고 이곳까지 찾아왔다고 하는데 어찌 몸살 났다고 누워있을 수 있겠는가. 하루가 어떻게 갔는지 전화 문의를 얼마나 많은지 상상 그 이상이었다. 이 먼 산골까지 차량이 구석구석 너무 많아 상주 시청 경찰서 각 지구대랄 것 없이 도움을 받았다. 정말 대단한 일이 벌어졌다고 생각한다. TV를 그렇게 많은 사람이 본다는 것을 실감했다.

또 이런 일도 있었다. 온 팔에 얼룩무늬 옷을 입은 사람들이 찾아와 법당 앞에서 삼배하는 것이 아닌가!

"아이구, 처사님 일어서세요. 삼배 받을 만큼 살지 못했으니 부끄럽습니다."

그때 일으켜 세우며 팔을 잡았는데, 옷이 아니라 문신이었다. 그렇게 온몸에 문신을 한 사람은 처음 보았다. 수년 전에 대구 화원 교도소 법회를 받아볼 때도 그렇게 심한 재소자도 보았다.

"스님들도 열심히 사시는데, 빵에서 세상 밖에 나갈 날은 얼마 남지 않아 초조하게 기다리며 무엇을 어떻게 해야 할지 고민하던 차, 스님들을 TV로 보게 되었습니다. 스님들도 열심히 땅을 파고 산을 올라 채취할 것을 만들어 불사하시는데, 이제껏 살아온 나날이 부끄러워 찾아왔습니다. 스님, 참회하겠습니다. 이제부터 저도 열심히 가족을 위해 새롭게 살아 보겠습니다. 저는 포크레인 기사로 취직해 스님들처럼 열심히 살아 볼 생각입니다. 고맙습니다. 정말 고맙습니다."

그렇게 약속하며 눈물이 뚝뚝 흘리며 연신 고맙다고 말씀하셨다.

"그래요, 다행입니다. 세상살이 무서워하지 맙시다. 새로이 잘살아 봅시다."

다독이며 비빔밥 한 그릇 먹여서 보낸 적도 있다. 절집 민낯을 보여준 것 같아 처음에는 쑥스럽고 창피하다고 생각한 적도 있지만, 말이 필요 없는 행(行)의 법문이 되었으니 말이다. 그렇게 마음 열고 맞이하는 불자님들께서 조금이나마 부처님 빛을 볼 수 있기를 간절히 바라던 때였으니 말이다. 그다음 날, 서울에서 이름만 대면 아는 교회라며 전화가 왔다.

"스님, 교회 다니는 신자들이 스님 뵙기를 원하는데 찾아봬도 될런지요?"

"그럼요, 되고 말고요!"

바쁜 하루를 보내고 있을 때 버스 몇 대가 도착했다고 마을 입구에서 연락이 왔다.

"스님, 교회 버스가 몇 대 와서 사람을 내려놓는데, 어떻게 할까요?"

잠시 생각해보니 며칠 전 약속이 생각났다. 절 입구까지 마중을 나갔다. 이분들이 왜 오셨을까, 몹시 궁금하였다. 총무를 보시는 분이 말씀하셨다.

"스님, 안녕하세요. 저는 교회에서 총무를 맡고 있습니다. TV를 통해 불교의 깊이를 처음 느끼고 보았습니다. 우리가 생각할 때는 스님들은 자기네만 공부하고 살아가는 줄 알았는데, 타인과 더불어 살아가는 모습을 처음 봅니다. 신기해서 견학왔습니다."

우리 스님들 또한 교회 버스를 타고 찾아올 줄은 몰랐다. 처음으로 교인들에게 장류를 팔며 부처님 법을 잠시라도 전할 수 있어 부처님께 하느님께 감사했다. 이곳 먼 산골짜기까지 울긋불긋 아름다운 부잣집 사모님들 같은 여인들이 찾아오다니, 그저 우리 불자님은 몸뻬 바지에 회색 티셔츠 정도만 걸치고 있는데. 오늘따라 부처님의 붉은 입술이 더 붉게 보이며 빙그레 웃으신다. 모든 분의 모습은 아름답고 밝고 화려했지만, 마음은 묻고 싶었던 것이 얼마나 많았을까. 이런 말 저런 말 다 하며 서로 화기애애할 수 있었다. 속가의 삼촌이 지금도 목사님이시다. 가족 모두 장로님, 목사, 전도사 종교적으로 다양한 집안이다 보니 서로 대화하고 법을 잘 안다. 자기의 종교 주장만 앞세우지 않는다. 믿음은 본인에게 있다는 사실은 부인할 수 없으니 말이다. 그분들은 절에서 만든 장류를 많이 사 가셨다. 맛있게 먹었으면 좋겠다며 교인을 위해 하루를 기도하며 보냈다. 감사했다. 불사의 장류 판매가 실제로 많은 분에게 사랑받는 전통 장류로 자리매김했다는 사실이 감동적이다. 장류를 만들어 불사하겠다는 진심과 정성이 통했나 보다. 밤낮 장류 만들기 위해 혼신의 힘을 다한 일이 이런 날 빛을 본다. 참 보람을 느낀다. 인간극장이라고 프로가 참 많은 사람과 인연을 맺게 하는 것 같다. 서로 만나 가족이 되고 서로 만나 인연이라고 다양한 사람들과 섞여 살다 보면 이런 날도 있나 보다. 불사를 위해 내 목숨 바쳐 하루를 매일 부처님 전에 공양 올리듯 간절한 심정이었다. 어제도 오늘도 해야 할 일들이라면 오늘도 또 무슨 할 말이 필요한가. 몸으로, 행으로 실천하며 살아온 것이다. 이 글을 쓰면서 많은 사람 모두 소중한 인연임을 다시 한번 깨달았다. 이 마음 고이 간직하며 승려 생활 잘하겠습니다.

인간극장으로 못다 한 사연을 글로 적다 보니, 부족한 부분이나 이해가 잘되지 않는 부분도 있으리라 생각합니다. 넓은 마음과 사랑으로 헤아려 주시기 바랍니다. 불자님들과 많은 시청자분 사랑하는 이 마음 꼭 알아주셨으면 좋겠습니다. 그리움 또한 너무 크기에 큰 법당 대웅전 부처님 전에 머리 숙여 절을 하며 간절한 마음으로 기도드립니다. 불자님들, 시청자님들을 생각하며 맹세코 부끄러운 일, 후회로 남길 일을 만들지 않겠습니다. 오늘도 모든 분을 건강과 행복을 위해 기도드립니다. 사랑을 고봉밥으로 가득 담아 드립니다. 감사합니다.

운치 가득한 도림사에서 세 스님을 만나다

EBS 《한국기행》 방송
기획 의도: 여름이면 산사에서 즐겨 찾게 되는 승소(국수)

산중 절집 스님들의 즐거운 기억부터
마음을 정갈하게 하는 국수까지
추억이 담긴 정겨운 국수를 만나다.
—산속 사찰 도림사 세 스님의 맛있는 수행

옛 운치가 가득한 도림사 스님들의 계곡 앞은 옛 살림터다.
관음전 뒤 300개가 넘는 항아리에 담긴 씨간장을 맛보며
된장독 고추장 독을 닦으며 소담한 이야기를 나눈다.
30년 넘는 항아리 속 간장을 떠서 이 여름철 열무김치를 담그며
막내 스님에게 맛을 전수하며 참으로 행복한 산사의 스님들.
스님들은 울력하고 나면 새 참으로 무엇을 드실까?
텃밭에는 어떤 채소들이 자라고 있을까?
도림사 경내 텃밭 박물관 뒤 작지만 아기자기하게 만든 텃밭에는
내 팔뚝만 한 오이가 담장 가득 주렁주렁 달렸다.
이 오이로 맛난 새참을 만들 생각이다.
주렁주렁 달린 가지로 꾸미를 올리고 재수를 만든다.
오이는 파란색, 노각은 흰색, 당근은 빨간색을 낸다.

푸른 오이 국수는 예부터 여름이면
무더위를 이겨내게 시원하게 먹던 국수다.
이 과정을 막내 스님에게 전수하는 촬영을 했다.
2020년 8월 2일(일) 아침 8시부터 오후 5시까지
계속 촬영했다. 기가 차다. 힘들었지만 좋았다.
전수하는 과정을 남겨서.

한국기행 촬영을 마치고

'산중의 나도 모른 풀잎과 열매를 조화롭게 요리해 예술의 경지도 끌어올린 음식을 누구나 맛볼 수 있어야 한다. 긍지를 가지고 재료 채취부터 상차림까지 되돌아보며 절집의 문화로 들여다보는 계기가 되어야 한다.'

그렇게 생각하며 누구나 가볍게 만들어 먹을 수 있는 좋은 사찰음식을 소개하고 싶었다. 물론, 아쉬운 점도 있었지만 제대로 알리기에 시간이 너무 촉박하였다. 시청하는 모든 분의 시각과 미각이 다르듯이 절집에서 맛있는 음식을 먹는다고 해서 보이는 시각이 변하는 것도 아닌 것을.

사찰음식은 아무리 좋은 금방 채취한 재료라더라도 진정 미각이 없는 사람은 음식을 할 수 없듯이 천재적 요리 재능을 타고나는 것은 아니지만, 밥을 짓는 솜씨나 된장국을 끓이는 감각은

행자 때부터 촉각이 빠르다는 이야기를 많이 들었다.

절집에 살아남기 위한 눈칫밥 짓는 것이 아니라, 절집의 공양간 음식을 하는 것이 재미있고 어른 스님들의 올바른 가르침에 한 치도 어긋남 없이 메모하며 머릿속으로 수천 번씩 외우고 익혔다. 그 외 달리 설명할 도리가 없다. 큰 절에서 많은 스님들도 인정했던 일이다. 주변을 돌아다니며 식객처럼 식재료를 고르는 감각은 또 무엇으로 설명하겠는가.

사찰 음식은 무엇인가?

나의 음식 철학은 무엇인가?

우리 스님들은 어떤 음식을 좋아할까?

내가 가장 잘하는 음식은 무엇일까?

많은 생각을 하게 된다. TV 촬영은 마치 절집 요리를 PD님들 앞에서 시험 치는 것 같았다. PD님들의 질문과 음식문화는 그때그때 달랐지만, 상상을 초월했다. 예를 들어 음식을 요리도 하기 전에 언제 먹냐고 물으니 말이다.

사찰음식의 기본은 선택한 재료가 단 하나도 버려지는 일이 없어야 한다. 이 불문율을 마음에 새겼다. 그래도 천하의 제일 도량 도림사 사찰음식을 위해 독보적인 색감과 미감을 선보이면서도 사찰음식의 중요성과 철칙을 역설하기란 어려웠다. 그래도 넓고 깨끗하고 밝은 산사의 음식을 신선하고 아름답고 부끄럽지 않게 청결함과 바른 먹거리로 선보였다.

우리 존경하는 스님들과 함께 만든 음식이 가장 행복한 요리였다. 내가 뛰어난 사찰음식 요리사는 아니지만, 음식에 담긴 정성과 청결함은 누구보다 잘할 수 있다고 자부한다. 맛있게 드시는 스님들을 보면 하루의 피로를 풀린다. 그리고 같은 결론에 다다른다.

'그래, 결국엔 사찰에 어울리는 음식이 진정한 사찰 음식 아닐까.

사찰 음식에 최적화된 요리 방법이 진정한 사찰 요리 방법이 아닐까.'

행복한 날

지난날 응애! 하며 두 팔 벌려 너를 안고

어쩔 줄 몰라 하면서도 행복했단다.

행복은 정녕 어디서부터 오는가.

너는 갑자기 훌쩍 커버려 장성한 청년처럼 내 손을 잡고

"조심조심, 차 조심하세요." 하며 고등학교 교복을 맞추러 갔다.

행복했다. 나는 복이 많은 승려인 것 같다.

무릉도원 따로 없는 산사에 살면서 아주 작은 동자

가슴에 안고 어쩔 줄 몰라 수도 없이 잠에서 깼지만,

네가 자는 모습 보며 눈물겹게 행복했었다.

그때부터 행복이 생긴 것 같다.

너의 작은 모습이 나에게는 부처였단다.

초등학교 입학식 지나 어느새 고등학교 교복 맞추는 날,

너와 또 동행한 것이 나에게는 아주 큰 행복이란다.

홍인이 교복 입은 모습 멋있다고

칭찬하는 사장님 말에 더 멋있어 보였단다.

수행자의 생활 속 사소한 행복도 행복이지만,

너를 바라볼 때면 또 다른 행복을 느낀단다.

늘 행복을 주니 더욱더 행복하구나.

절집 강아지

겨울은 처음이지?

봄 여름 가을 싱그러운 햇살 아래

늘 하품하며 그늘만 찾던 백구.

신도들 산길 올라오면 언제나 돌 하나 입에 물고 뛰어가

반겨주며 법당을 안내하던 녀석, 추운 겨울은 처음이다.

스님들이 추위 온다고 담요 깔아주면 물고 나와버린다.

"백구야, 너는 겨울이 처음이라 그렇지?

첫눈도, 얼음도, 동장군 추위도 몰라서 이불 버리는 게지?"

중얼중얼 주워다 넣어준다. 이제는 스님 마음 아는가.

꼭 안고 발발 떨다가, 공양하러 가자는 기쁜 말에

슬그머니 나와 돌 하나 입에 물려 하니,

돌이 얼어 콧잔등에 붙어 놀란 백구.

머리를 쳐들고 우스꽝스럽게 빙빙 돈다.

네 덕에 스님들 박장대소했구나.

돌도 얼어붙는 겨울은 처음이지?

하늘에서 신기한 눈도 온단다.

눈은 아주 예쁘게 내리는데 희고 차갑지.

밟으면 뽀드득 소리도 나고 눈사람도 만든단다.

녹으면 물이 되는데, 그건 봄이 온다는 거야.

눈이 오면 또 알려줄게.

자꾸만 시린 날, 추운 날 잘 견디며 지내다 보면

곧 네가 좋아하는 봄이 온다는 사실을 알게 될 거야.

지금은 추워도 내년에 올봄을 위해

함께 힘내자꾸나.

익어가는 황혼 길

부처님이시여!
부처님이시여!
금빛 찬란한 모습으로
빙그레 웃으시며 앉아 계시는 부처님.
그 품속 향냄새 그리워
법당에 좌선하고 앉아 코를 실룩거리며
당신의 향기를 맡습니다.
당신을 만져보고 안아보고 싶지만,
내 눈동자에 비치는 인자한 모습.
아! 오늘도 당신의 깨달음 구하고자
우주 대천세계가 무량하다는 것을 느낍니다.
황혼으로 가는 길목에서 떨어진 낙엽처럼 뒹구는
이 몸이 될 수 없으니, 오늘도 당신의 가르침대로
익어가는 황혼으로 가려 합니다.

등교하기 싫은 홍인이

아침 안개 속에 비친 등불
가물가물 촛불만 일렁인다.
아침 일찍 등교하는 홍인이
아직 날도 안 샌 밤인 줄 착각한다.
시계의 시간은 흘러가도
날이 밝아 오지 않는다.
빨간색, 노란색 아름답다 난리더니
이슬에 묻혀 하얀색이 되어버렸다.
억지로 밥 한술 입에 넣고 학교 가야 하는 홍인이
그 애처로운 뒷모습에 태양이 따라간다.
학교 같이 가자고 동반하듯 햇살이 올라오니
이슬은 태양이 무서운가 보다.
금세 하얀 안개 사라지고
아이 얼굴 활짝 피어 절집 사문을 나선다.
언제 다 크려나? 씩씩한 사나이로.
아직 덩치만 크지 내 눈에는 어린 아기 같다.
사랑한다, 홍인아.
오늘도 안개 속 태양처럼 밝고 씩씩하게
파이팅!

하안거 보내며

더운 이마에 땀방울 맺힌 게 어제 같은데
제법 서늘한 바람이 분다. 가을 어귀에서
하안거(夏安居)* 기도 100일도 백중기도하며 회향했다.
동안거(冬安居)** 기도 준비하며 계절이 가는 것을 또 느낀다.
앞산이 옷을 하나 둘씩 제각각 입고 가을바람에
떨고 있는 나뭇잎 속에 스님들의 꿈과 같은 반야 지혜,
깨달음을 구하고자 동안거를 준비한다.
이미 마음은 가을인가보다.
파란 하늘을 보며 모자람도, 남음도, 질림도 없이
'나'라는 생각 벗어버리고 용맹정진한 끝에
부처님 지혜 열려 찬란한 가을 햇살 속에
무더운 여름 하안거 떠나보내며
따뜻한 보이차 한 잔… 허허롭게
또 동안거 기도 준비한다.

* 하안거(夏安居): 음력 4월 15일부터 7월 15일까지 3개월 동안 승려들이 외출을 금
하고 참선을 중심으로 수행에만 전념하는 제도.
** 동안거(冬安居): 음력 10월 15일부터 이듬해 1월 15일까지 3개월 동안 승려들이
외출을 금하고 참선을 중심으로 수행에만 전념하는 제도.

핑계

욕심 때문에 듣지도 보지도 못한 부처님 자비와 사랑,
참회합니다. 오늘같이 하얀 눈송이 내리는 날은
봄의 벚꽃이 그리워 못 보고, 추운 겨울은 여름이 그리워
보지 못했습니다. 나뭇잎은 나뭇잎대로, 풀잎은 풀잎대로,
솔바람은 솔바람대로, 눈비 오면 눈비 오는 대로…
왜 그리도 핑계가 많았는지.
바쁘게만 산다던 날 모두 지나고
낮에는 할 일 없고 밤잠이 없는 노승이 되니,
수각에 담긴 달처럼 고요히 앉아 마음의 달 보다가
이제야 알게 되었네. 천방지축 두서없이 살아온
만감의 상념에 뒤엉켜 살아오느라 핑계 아닌 핑계 대면서
수고 아닌 수고했소이다. 부질없는 핑계 이 몸과 이별하고
이제라도 부처님 자비 광명이 가득함을 가슴 깊이 담고
이제껏 못다 한 부처님 큰 깨달음 받들겠습니다.
핑계 없는 부처님 깨달음으로 정진하는
수행자 승려로 살렵니다.

오드리 헵번 될뻔한 보살

항상 남편과 자식밖에 모르는
얼굴 볼이 빠알간 단발머리 여인.
절에 오면 늘
자식 공부 걱정
남편 건강 기도 하며
작은 웃음으로 모두를 기쁘게 한다.
오드리 헵번이 누구인지,
'오드리 헵번 될뻔한 보살'이라고
도반들 사이에서 유명한 걸 보면
분명 관세음보살만큼이나
유명하고 좋은 분인 것 같다.
도반들에게 보인 자비로운 모습,
그 속에 진심 갈고 닦는 마음
해맑게 꽃피운 볼그레한 모습이
가히 부처님 모습이 아닐까.
행복하고 좋은 나날 되소서.

불로초 인생

비바람에 지쳐 붉은 것일까.
우산처럼 머리에 가을볕 이고
꽃까지 받쳐 든 불로초.
장가 못 간 처사님 마음 달래주려고
빨갛게 반들반들 치장하고 피어난 것일까.
언제부터인가 산 사람이 된 처사님
그 넓은 품 기다리며 자라난 것일까.
부끄러워 볼그레한 영지버섯 따다가
다듬고 다듬어 봉지에 싸서
한 조각 남은 해 서산에 걸어두고,
다시 깊은 산속 스님 찾아 전해주고,
티끌조차 아낌없이 훨훨 날려 보내고,
말없이 하산하는 처사님.
이 길로 사바세계 내려가시면
산을 좋아한다 말씀 마소서.
부디 좋은 인연 만나
천년만년 귀한 불로초 인생 사소서.
기도는 혼자 하는 것이 아니라 대중이 함께하는 것.
처사님 가족과 함께 기도할 수 있는 날이
하루빨리 오길 기도합니다.

법연 스님의 글 읽는 소리

부처님 경전도 낭송되지 않으면 잊혀지고
절도 관리하는 스님이 없으면 훼손되듯이,
수행의 일각도 놓치면 빈 허공에 남겨 놓은 것과 같다.
헛되이 남이 이루어 놓은 선망만 탐내지 말고,
지혜로운 수행자로서 나도 부처 너도 부처
금강의 지혜가 한정된 깨달음일지라도,
정법의 진리로 염송하거라.
삼라만상 하나됨이 부처님 마음이 아니더냐.
마음 집중이 소홀할 때 이 법어를 낭송하면
저 앞산의 그림자는 밀어내지 못해도
마음에 생긴 번뇌는 밀어낼 수 있다.
길 없는 허공에 쓴 글이 아니란다.
이 도량에서 청정하게 살아온 수행자가
마음 실상의 안목으로 먼저 지나간 길이다.
발자국도 남기지 말라 했지만,
같은 곳을 바라보며 살아온 수행자의 글,
도림사 역사박물관의 유물로 남겨
말없이 너 혼자 들여다볼라.
선행의 훈습을 남긴 글이다.
내가 본 법연 스님은 돌 속에 감춰도

돌을 뚫고 나올 만큼 빛나는 옥(玉)이다.
지혜의 안목도 있으니 법의 눈으로 보거라.
스님의 마음이 진여의 마음이 될 것이다.
우리 상좌 낭송 글 소리에 정법의 귀 열리니
밝은 마음 해맑게 열려 더없이 행복하구나.

가택기도(家宅祈禱) 하면서

행복한 집은 서로 신뢰하며
사랑이 가득하고 살아가는 보람을 느낍니다.
아름다운 집을 지어 그 누구도 끼어들 수 없는 사랑으로
이상적인 결속 행보를 보입니다.
축하드립니다!
살아가는 보람 있는 아름다운 환상의 짝을 만났으니,
부처님의 영원한 동아줄로 부둥켜안고
모두 바쳐 쏟아부어 사랑의 쉼터를 만들었으니,
황금빛 노을처럼 행복하소서.
혹여 못다 한 그리움이 서로 남아있다면,
남은 시름 활활 불태워 저 높고 푸른 하늘
지나가는 구름에 실어 보내시고
부처님과 행복만 곁에 두소서.
두 손 모아 대중 스님들이 합장합니다.
부디 행복한 부부 되시어
부처님의 자비 광명 가득하소서.

가슴벅찬 기도

　어느 날 무심코 지나가는 희망의 길 위에서, 지울 수 없는 계획 철판 위에 각인된 문자처럼 생생하게, 자기 직업에 대해 굳은 결심 한다며 기도 올리시는 박남이 불자님. 공사 현장부터 시작해서 건설업 최고의 경영자가 될 수 있을 것 같다며 희망을 품고 열심히 기도하시던 불자님.

　현장 일은 겨울이면 살을 에는 매서운 칼바람 부는 곳. 그 공사 현장에서 체험하는 학생처럼 즐기며 이곳저곳 현장에 여기저기 다니다 보면, 서산 언덕 햇살의 땅거미 밀려와 캄캄한 밤이 되어도 지칠 줄 모르는 전천후 인력이자 소녀였다고 하신다.

　새로운 건설 공사에 희로애락을 느낄 때, 옆에서 지인들은 만류했단다. 그 직업 하지 말라고 어찌나 말리던지, 때로는 술 한잔 마시고 거리의 나그네도 되어보았지만, 가슴 가득 채운 '업계의 수장이 되리라'는 희망과 열정이 더 크셨단다.

　소녀가 느끼는 행복은 너무나 컸다. 큰 성공으로서 꿈의 실현만 바라보고 달려왔다고 하니, 지금의 성공한 건설 사업가, 남이 보살님만이 할 수 있는 성공가도(成功街道)였다. 그 누구도 흉내 낼 수 없는 자기만의 노력과 결실 그리고 행복을 이제야 이루었다며 울먹이며 기도하는 그 모습, 참으로 아름다우셨다.

　지금의 큰 빌딩 회사 사옥을 지어 놓고 옥상에 올라 "행복이란 이런 거야!" 혼자서 남몰래 소리치신단다. 그리곤 다시 한번 두 손 모아 합장 기도드리며 행복한 미소 부처님 미소 지으신단다.

부처님! 어린 시절 소녀의 꿈 이루고 나니, 어느새 머리는 은빛으로 바뀌고 얼굴에 주름이 조금 생겼습니다. 하지만 꺾이지 않는 열정과 훼손되지 않은 초심은 여전하니, 정말 보기 좋습니다. 부처님께서 어린 시절 소녀의 간절한 소원 이루어 주셨으니, 더욱더 환한 웃음으로 매일 매일 불자님의 행복을 살펴주시고, 두 손 모아 합장하는 깊은 마음속에 부처님의 자비 광명의 빛이 닿게 하여주소서.

석양이 가까워진다 한들 지금까지 비춰준 태양에게 감사할 뿐, 지금 행복하다면 행복을 위해 더욱더 노력하겠다는 해바라기 같으신 불자님. '대한민국의 한 건설 대표가 되겠다'라고 부처님 전에 늘 기도하는 마음 전하시던 불자님. 도림사 대중 스님들과 새로 지은 사옥에서 사부대중 귀하게 모시며 가슴 벅찬 기도를 드리게 되어 감개무량합니다.

늘 부처님 향한 큰마음으로 합장하며 항상 부처님 전에 귀의하니 스님들도 행복한 날입니다. 사부대중 부처님 전에 큰절드리며 기도에 동참하신 모든 분, 부처님 자비 광명이 가득하길 두 손 모아 기도드립니다.

한 생각 깨달을까?

평생을 절집에 살며 이십 년 넘게 글도 쓰고, 서각도 하고, 절집도 짓고, 사찰음식도 하고, 전통 장류도 만들어 판매하고, 그 이익금으로 대작 불사인 대웅전 불사 완공했다. 세월이 지나 다른 모든 것은 다 사라져도 나의 글과 작품, 그리고 대웅전만큼은 남아있었으면 한다.

목판에 새겨진 대웅보전 서각 현판은 이리 보아도 저리 보아도 눈에 보이는 높이에 걸려 있다. 먼 훗날 나의 육성과 모습을 듣거나 보기보다, 보는 이의 생각 속에서 그 현판을 내가 다시 보고 있을지도 모른다.

내 방식대로 살면서 이것저것 하다 보니, 삭발 이틀만 안 해도 흰 가루를 덮어 쒸 것처럼 하얀색이다. 매일매일 흰 가루 털어내기 바쁜 생활이 되어버렸다. 그래도 지금 등 따뜻하고 배부르다. 백 살은 못 살겠지만, 그렇다고 과거로 다시 돌아가고 싶지는 않다. 남은 인생 미래는 확실하진 않지만, 앞당겨 살고 싶지도 않다. 아주 열심히 잘 살다가 이번 생의 정거장에서 좀 쉬고 싶어 의자에 기대어 편히 쉬는 중이다.

지금 와서 무엇이 필요하단 말인가. 돈, 명예, 집착하던 모든 것 버리고 출가하여 별의별 시행착오 숱하게 겪었지만, 이번 생은 불사에 내 모든 인생을 걸었다. 출가 승려는 자기 고집이 있어야 하잖는가. 힘들다고 부처님과 타협할 수도 없잖은가.

훌륭하신 대덕 큰스님들 옆에서 시봉하며 살아온 세월이 얼마였는데 말이다. 다는 못 하지만, 아마도 나에겐 불가능이란 없다고 늘 생각하며, 핑계 대지 않고 실천하려 노력했다. 불자들에게 그 절에서 없어서는 안 될 아주 귀한 스님이라고는 호평받지 못해도, 그 절에 가면 항상 반갑게 맞아주는 인자한 스님이 계신다는 말을 나는 듣고 싶다.

지금 내가 쉬고 있는 인생의 정거장, 나를 찾는 이가 있어 차 한잔 하자고 부르면, 차 한잔에 웃으며 오가는 말과 느긋한 행동 속에서 누구나 삶의 여유를 가진 자유의 승려가 된다. 걸어온 길과 가는 길은 모두 다르지만, 지금 차 한잔하며 쉼의 정거장에서 같이 즐기고 있지 않은가.

각자의 마음과 행위는 다르지만, 맑은 미소가 쉬는 사람의 몫이 아닌가 싶다. 차의 향기를 서로 나누며 이 산속의 절집 카페, 인생의 정거장에서 고요하고 편안하게 쉬어가기를. 그러나 나는 또 불사의 기회가 된다면 양팔 걷어붙이고, 적삼 대신 조끼로 갈아입고, 전투하러 가는 군인처럼 또 바쁘게 실행하며 열정을 다 쏟겠지. 그래, 또다시 부처님이 추천하는 승려가 된다면 기꺼이 불사할 것 같다. '불사'라는 단어를 한 자 한 자 쓰는 동안, 조용히 뛰며 쉬고 있던 심장이 다시 콩닥콩닥 날뛰는 것을 보니 말이다. 이미 내 할 만큼은 다 했다고 생각했건만, 왜 이렇게 가슴이 뛰며 설레는지, 예상 밖이다. 산은 오를수록 매력적이고 물은 굽이 흐를수록 맑다지만, 가슴 뛰는 일에는 죽을 때까지 가슴이 요동쳐 죽지 못하겠다.

그러니 몸은 늙어도 천 가지 계획과 만 가지 생각으로 살다가, 까닭 없이 숨 거두면 부처님이 극락에서 쓸모 있는 놈이라 불러 그곳에 불사하러 갔을 거라 생각하시게. 홀연히 왔다가 홀연히 가는 것 같아도, 절집이란 타향살이하다 부처님 전으로 회향하는 것이 승려의 삶이란 것을. 지금은 한 자루 지팡이에 의지할 때도 있지만, 기나긴 세월 살아온 것 같아도 추녀 끝에 맺힌 물방울처럼 떨어지면 그만인 것을. 저 높은 흰 구름처럼 오고 가는 것이 인생이라 해도, 그저 남은 인생 아무런 기량도 없이 살 수는 없잖은가. 저세상 갈 때 아무것도 가져갈 수는 없지만, 그렇다고 살아온 세월을 거창하게 과대 포장하는 것은 아니다. 몸과 마음이 온통 불사에만 향하는 승려의 섭리 같은 것이다.

한 치의 오차도 없이, 절대로 어길 수 없는 일종의 승려 법칙인 것. 불가의 법칙처럼 실천하며 수행정진 하며 살아온 것이다. 지금은 바쁘게 달려온 길 뒤로하고 정거장에서 쉬고 있다.

자연의 법칙일까?

자연의 질서일까?

이제는 먼 곳에서 일을 찾기보다 가까이서 일을 찾는다. 항상 수행하는 진정한 수행자는 저절로 되지 않으니 말이다. 조금은 느슨한 것 같아도 그게 아니다. 흐트러지지 말자고, 틈만 나면 부처님 경전 속 법문이 좋은 조언이라 생각하고, 마음과 생각에 끊임없이 되새긴다.

아주 가까운 내 안에서 나 자신을 볼 때 '이곳 불법 도량에 살 자격이 있나? 자연 속 정거장에 지금 좀 쉬어도 될까?' 문득 생각한다. 혹, 쉼의 정거장에서 나도 모르는 새, 너무 오랫동안 쉬진 않겠다는 생각이다.

그리고 나는 걸망 하나 메고 흘러 흘러 세상 바뀐 모습도 보고 싶다. 그것 또한 수행이라고 생각한다. 아무리 절집 도량이 웅장하고 부처님 법문에 이치가 다 있다고는 해도, 그 안에 사는 스님네는 이미 속세를 떠난 세월이 있다 보니, 세상은 많이 바뀌었을 것 같다. 부처님 팔만 사천 법문을 모조리 실천하진 못해도, 오랜 세월 수행의 길에서 모든 것 다 여과시키며 피나는 노력 끝에, 고유한 색깔과 냄새를 갖추어 여기까지 오지 않았던가. 내 아직은 중생심이지만, 심금을 울리는 법문은 마음 깊숙이 간직하며 수행할 것이다. 그리하여 훗날 법상에 올라 법을 설할 승려가 되면 그 실마리를 풀어 잡아당기며 법문을 설할 것이다. 눈 두 개, 입 하나, 귀 둘로 살아가는 삶에서 직접 옳고 그른 것을 느끼고 싶다.

속세인들과 더불어 살아가는 삶을 접해 보며 알지 않을까? 아주 잠깐의 여행이라 해도 좋다. 바깥세상을 종일 걷다 보면 답을 찾겠지. 며칠 동안만이라도 걸어 볼 작정이다. 피로가 누적되면 처음 쉬던 정류장, 절집으로 복귀할 것이다. 그곳이 어디인지 모르지만, 종점이길 바라며 가도 가도 가는 곳이 없다는 것을 깨닫고 가벼운 마음으로 사문을 뛰어넘어 돌아올 것이다. 그리하여 지난 일들 아득할 때, 그 또한 지나온 추억이라 생각하지 않을까? 만행 한번 해 본 경험도 한 생각의 깨달음 되어, 너무 힘들게 절집 생활한 것이 아니라고 위안되지 않을까? 종일 아무 생각도 목적도 없이 천천히, 그저 세상을 걸어보는 일… 그러면 하고 싶은 것 다 해 본 승려로 살아왔다고 생각할 수 있을 것이다.

불사 수행은 직접 해보지 않으면 그 보람을 알 수가 없다. 정말 심장이 뛰는, 참으로 매력적인 수행이다. 한평생을 이곳에서 불사하며 살아왔으니, 순간 일어나는 한 생각을 여기에 묻어두고 쉬면서 적은 글이다.